JN177632

トーテムポールの囁き

欧州妖異譚21

篠原美季

white
heart

講談社X文庫

目次

CHARACTERS

ユウリ・フォーダム
イギリス貴族の父、日本人の母の下に生まれる。霊や妖精《ようせい》が見えるなど、不思議な力を持っている。
シモン・ド・ベルジュ
フランス貴族の末裔《まつえい》。実務に優れた美貌《びぼう》の貴公子。ユウリの親友で現在はパリ大学に在学中。

トーテムポールの囁き　欧州妖異譚21

コリン・アシュレイ
豪商アシュレイ商会の秘蔵っ子。傲岸《ごうがん》不遜《ふそん》で博覧強記《はくらんきょうき》。特にオカルトには強く興味をひかれている。
アーサー・オニール
ユウリと同じ大学に通う、英国を代表する大女優の息子にして、自身も人気急上昇中の若手俳優。

イラストレーション／かわい千草《ちぐさ》

トーテムポールの囁き

序章

男は、逃げていた。

自分がなにから逃げているのかわからないまま、逃げ続けている。

ザワザワと。

彼の背後に迫るもの――。

おそらく、悪霊だ。

悪霊から逃げている。

なんといっても、ここは幽霊屋敷《やしき》なのだから。

廊下を走り、扉を抜け、階段をのぼってはおりる。

いい加減疲れて休みたかったが、見えないものへの恐怖が足を動かし、彼は先ほどからずっと屋敷の中を走りまわっていた。捕まったら最後、男の内臓は食いちぎられ、その魂は永遠に魔物たちのものとなるだろう。

だから、捕まるわけにはいかない。

男は逃げた。

ひたすら、逃げまわる。

ただ、逃げるにしても、入り組んだ廊下は複雑に交差し、のぼった階段が、ただおりるためだけに造られていることもままあった。

まるで、悪夢のようだ。

それで、男はよけいに焦る。

どこまで逃げても、出口が見いだせない。

最初に入ってきた扉が見つからないのだ。

それどころか、扉を開けると行き止まりだったり、たった今、開けて入ってきた扉が、押しても引いてもこちらからは開かなかったり、ひどい時は、廊下を一周して元の場所に戻ってくることもあった。

いったい、なぜこんな造りになっているのか。

理由はわからないが、とにかく、この危機的状況において、彼はすっかり迷子になっている。

（どうしたらいい？）

男は、背後を振り返りつつ、思う。

（どうしたら、この恐ろしい場所から逃れられる――？）

そんなことを考える男の耳に、あの音が聞こえてくる。

木々の葉がこすれ合うような、あるいは大きな鳥の羽音のような、ザワザワとした不気味な音。

(奴《やつ》らが、来る――)

内臓がギュッと縮みあがった男は、そこでふたたび走り出し、走りながら周囲を見まわした。

と――。

暗く先の見通せない視界に、チラッとわずかな明かりが見えた。

(出口か⁉)

その明かりに一縷《いちる》の希望を見いだした男は、方向転換して明かりの見えるほうへと全力疾走する。

行く手には意味不明の階段が存在し、一度おりてからのぼった先に、その扉はあった。

(出口だ!)

歓喜した男は、最後の力を振り絞り、扉の取っ手に手をかける。

カチャ。

開いた。

いとも簡単に、開いたのだ。

この期に及んで鍵《かぎ》もかかっていないなど、いかにも都合がよすぎたが、喜びが勝って疑うことを忘れてしまった男は、勇んで飛び出し、次の瞬間、絶叫とともになにもない空間を真っ逆さまに落ちていった。

男が飛び出したあと、扉は自然に閉まるが、閉じきる寸前、下方で「ドサ」と嫌な音が響いていた。

そして、沈黙。

一人の男を無情にも吐き出した屋敷は、まるでなにごともなかったかのようにそこに存在し続け、静かに朝を迎えた。

第一章　海を越えて

1

アメリカ、ニューヨーク。

州の大きさは広いとはいえ、この地名で誰もが思い浮かべるのは、摩天楼が聳《そび》えるマンハッタン島だろう。

中でも、セントラルパーク沿いの五番街は、世に「セレブ」と呼ばれる人々が集う場所で、高級ブティックの並ぶ通りには一般の観光客もひしめくが、老舗《しにせ》ホテルのバンケットルームでは、夜ごと、豪奢《ごうしゃ》なパーティーが開かれ、着飾った人々で賑《にぎ》わっていた。

そんなホテルの一つにある名高きバーでは、革張りのソファーに座った青年が、目の前の紳士を相手に話をしていた。その手元には、ここに来たら一度は飲むべき「ブラッディ・マリー」の注がれたカクテルグラスが置かれている。

「――そういえば」

紳士が、会話の流れで思い出したように話題を振る。

「『太陽の雫《サンドロップ》』は、今、大変な事態になっているのをご存じでしたか？」

青年が、底光りする青灰色の瞳《ひとみ》でチラッと相手を見やる。どこか居丈高で対面する相手を自然と威圧する彼の名前は、コリン・アシュレイ。

「傍若無人」という言葉が板についたような性格をしているが、それを補ってあまりあるほどの博覧強記ぶりで人を魅了してやまない、まさに悪魔のような人間だ。

長身瘦軀《そうく》。

長めの青黒髪を首の後ろで無造作に結わえ、全身黒ずくめの服装をした様は、どこか飄々《ひょうひょう》としつつも隙《すき》がない。

そのせいかどうか、明らかに年下とわかる彼を相手に、紳士は先ほどから丁寧な態度で接している。

アシュレイの返事を待たずに、「もちろん」と紳士が続ける。

「過去のことであれば、すでにそちらの興味は薄れてしまっているかもしれませんが、それこそ、あのロンドンでの襲撃事件のあと、全米の各テレビ局がおもしろおかしく報道したこともあって、例の貴方《あなた》の調査対象となっていた人物の子孫を名乗る人間がわんさと出てきて、落札者相手に訴訟を起こしているそうですから、とんだ災難といえましょう」

紳士が話しているのは、少し前にアシュレイが関《かか》わったある宝石についての後日談だ。

歴史的価値があるとされるイエローダイヤモンドには、さまざまな逸話がついてまわっていて、そのことを調べていた時期に目の前の紳士と話す機会があったのだが、相手の言うとおり、アシュレイにとっては終わったことでしかなく、なんの興味もわいてこない。

「それは、ご愁傷様なことで」

最終的に落札したのは、アメリカの大手宝飾店であったはずだが、それすら、アシュレイにとってはどうでもいいことだった。

その心情を察したらしい紳士が、「でもまあ」と話題を変える。

「過去よりも現在ですね。――もしくは、未来」

「未来?」

そんな不確定なことにも興味のないアシュレイに対し、相手が探るような視線を向けて言う。

「そう、未来ですよ。――私どもは、『ミスター・シン』の店に預けたやっかいな品々が今後も長く世に出回らないことを願っていますが、店主ご自身はかなりご老齢の域に達しているわけで、ここのところ、近々店じまいもあるのではないかというような噂《うわさ》が流れていましてね」

「店じまい?」

話題にあがった「ミスター・シン」というのは、知る人ぞ知る、ロンドン在住の霊能者の名前で、その店には、欧米各国から噂を聞きつけてやってきた人たちが、いわゆる「いわくつき」と呼ばれる、持っていると人に害をなすような呪物《じゅぶつ》などを預けにくるので有名だ。

基本、個人的な付き合いをあまり持たないアシュレイが、珍しく懇意にしている人間の一人だが、話にあるとおり、すでに老人といえる年齢だ。

目の前の紳士は、その「ミスター・シン」の店の古い客であるが、実際にいわくつきのものを預けたのは先代であるらしく、彼自身は、「ミスター・シン」とは面識がないということだった。

ゆえに、そんな噂にも敏感になるのだろう。

紳士が続ける。

「もちろん、向こうにも事情がおありでしょうが、扱っているものが扱っているものであるだけに、この手のことには慎重になっていただいて、きちんと後継者探しもしてほしいと願っているのですが、それこそ、一部の人間は、貴方が、その後継者になるのではないかと言っています」

「は」

鼻で笑ったアシュレイが、バカバカしそうに言い返す。

「俺があの店を預かったら最後、それこそ興味本位で冬眠中のクマどもを叩《たた》き起《お》こして回るぞ」

「ああ、まあ、そうでしょうね」

何度か接しているうちに、アシュレイの性格をある程度は把握し始めているらしい紳士が溜《た》め息《いき》混じりに応じ、「だとすると」と嘆く。

「自分たちで後継者探しをするしかないということですかねえ」

「どうだかね」

皮肉げに応じたアシュレイが、その口調のまま付け足す。

「そんな簡単にあの男の後継者が見つかるとは思えないが、まあ、好きにするといい。ただ、俺が見る限り、あの爺《じい》さんは、まだまだお陀仏《だぶつ》するほど歳《とし》は取っていないし、神経の図太さは超合金並みだから、殺そうと思ってもそう簡単には死なないだろう」

あっさり片づけたアシュレイが、「そんなことより」と話の向きを変える。

「俺が興味あるのは、現在のことなんだが」

「ああ」

上品に肩をすくめて応じた紳士が、「失礼しました」と謝ってから言う。

「話が脱線し過ぎましたね」

アシュレイにしてみれば、未来にまで話題が及ぶとは、もはや「脱線」を通り越して廃線状態に近い。

「お尋ねの青年、ルイス・ファーミントンですが、調査した結果、すでに死亡していることが確認できました」

アシュレイが、意外そうに訊《き》き返す。

「――死んだ？」

「はい」

「いつ？」

「半年ほど前です」

答えた相手が、アシュレイの手元にあるカクテルグラスを顎《あご》で示しつつ、「しかも」と続けた。

「『血染めのマリー《ブラッディ》』というそのカクテルの名前のごとく、なかなか猟奇的な死に方のようですよ」

「へえ」

そこで、青灰色の瞳を妖《あや》しげに光らせたアシュレイが、口元を小さく引き上げる。

「それは、いささか興味深い」

「そうでしょうねえ」

応じつつ、そばに置いてあった茶封筒に手を伸ばして紳士が言う。

「こちらにいくつか資料を入れておきましたが、まさに、貴方好みの事件といえるかもしれません」

茶封筒を受け取ったアシュレイが、「ちなみに」と問う。

「彼は、どこで死んだんだ？」

「まさに、それこそがこの話の肝でして」

待っていましたとばかりに前置きした紳士が、「彼は」と話題にあがっている青年の末路を披露する。

「『幽霊屋敷《やしき》』として名高い『ウッドポール・ハウス』の、開かずの扉から落ちて死んでいたそうですよ」

2

「——なるほど」

ロココ調の美麗な家具に囲まれた客間でソファーにゆったりと座り、スマートフォンを通じて誰かと会話している貴公子が、テラスに向かって大きく開かれた窓の前に立つ東洋風な青年に視線をやりながら、先を続ける。そんな彼の鼻先を、薔薇《ばら》の茂みを揺らした風がかすめて過ぎた。

「それなら、オニールもニューヨークで合流するということで、ホテルは、僕たちと同じでいいのかい？」

電話の相手がなんと答えたかわからないまま、窓の前に立っていた青年が振り返り、目にまばゆい貴公子が会話する様子を窺《うかが》った。

部屋の奥には、先ほどまで二人で映画を見ていた大画面テレビがあり、今は面白くもなさそうなニュース番組が流れている。なんでも、千年ぶりに地球の近くに接近する彗星《すいせい》がどうとかと言っているようであったが、東洋風の青年にとっては外国語である上、専門用語が多く、さらに早口で抑揚がないため、ただのＢＧＭと化していた。

フランス。

ロワール河流域に建つベルジュ家の広大な城では、夏休みに入った現在、数名の滞在客を迎えている。

そのうちの一人が、ここにいるユウリ・フォーダムだ。

英国子爵の父親と日本人の母親を持つユウリはロンドン大学の学生で、以前、イギリス西南部にあるパブリックスクールにおいて、この家の長男で現在電話中のシモン・ド・ベルジュと親しくしていたことから、卒業後もちょくちょく彼の本宅であるこの城に遊びに来るようになっていた。

黒絹のような髪に煙《けぶ》るような漆黒の瞳。

東洋風の顔立ちは目立って整っているというほどではなかったが、まとう空気が湧水《ゆうすい》のごとく清らかで美しく、控えめで品のよい立ち居振る舞いが人々の好感を誘ううえ、時おり見せる謎《なぞ》めいた雰囲気が、彼をこの世の者ならぬ神聖な存在へと高めている。

実際、「月の王《メネラウス》」の称号を持つユウリは、知る人ぞ知る超人的な霊能力の持ち主で、ある意味、異世界に片足を突っ込んでいるような立場にあったが、少なくとも、今はまだ人間であることに変わりはない。

そんなユウリを、友人としてこよなく愛しているシモンもまた、どこか人を超越したような存在感を醸し出しているが、こちらは、むしろ、その完璧《かんぺき》に整った容姿と挙動の優雅さからくる極めて現実に即したものであり、その神々しさといったら、大天使のそれに匹敵する。

白く輝く淡い金の髪。

南の海のように透き通った水色の瞳。

おそらく創造主でさえ、できあがった瞬間には、その完全無欠さに驚いたことだろう。

しかも、シモンの場合、容姿のみならず、ヨーロッパにその名を轟《とどろ》かせるベルジュ・グループの後継者という常人とは一線を画した家柄に生まれ、かつその使命を全《まっと》うするにふさわしい才能と人格を併せ持つ、まさに他に類を見ない貴公子であるが、そんな彼にも、あんがいふつうの悩みというのが存在した。

電話での会話を続けるシモンが、少々うんざりした声で言い返す。

「そうだよ。ニューヨークでは、家の都合で、僕だけ二、三日、別行動になるけど、……ああ、うん、そう。……いいや。……うん。へえ、それってつまり、君は僕とは会いたくないと」

そのつっけんどんな言い様に、会話するシモンを見つめたユウリが小さく片眉《かたまゆ》をあげて呆《あき》れる。

電話の相手が、二人の共通の友人であり、同じパブリックスクール出身のアーサー・オニールであるのはわかっているのだが、この二人が、ともすると、ユウリとの仲のよさを主張し合ってつまらないライバル心を燃やすことがあり、今も、ふだんは適当に聞き流して相手にしないシモンが、なにかのスイッチが入ったようにやり返している。

だが、そもそもなにがきっかけで、そんな流れになったのか。

英国を代表する大女優イザベル・オニールの息子にして、自身も人気急上昇中の若手俳優であるオニールは、満を持してのハリウッド・デビューが決まり、現在、撮影のために渡米中だ。

その彼が、撮影の予備日として設けられた休暇を一緒に過ごそうと誘ってきたため、ユウリとシモンは、明日から友人数人を連れてベルジュ家のプライベートジェットで移動することになっていた。

ただ、当初の予定では、ハリウッドにいるオニールは三日後から合流し、ユウリと友人たちは、シモンがニューヨークでの用事をすませている間、買い物や観劇をする予定だったのだが、どうやら、そこにオニールも加われるようになったらしい。

そのことが、シモンを少々苛立《いらだ》たせたようである。

もちろん、真意はどうかわからないが、ユウリが想像するに、ライバル的な存在であるオニールが合流することで、シモン一人が別件で参加できないことに対する疎外感が増すのだろう。

しかも、オニールはオニールで、こういう時に、シモンに対し、嫉妬心《しっとしん》をあおるような挑発的な態度を取りがちなのだ。

ただ、シモンの言葉を受け、さすがに久々に話す相手に対するそういうおのれの言動を反省したのか、電話口でなにか言い訳をしているらしい相手に向かい、シモンも口調を和らげて応じる。

「もちろん、わかっているよ、オニール。——そうは聞こえなかっただろうけど、いちおう、こっちも冗談のつもりだったんだ」

たしかに、そうは聞こえなかった。

ユウリが内心で思っていると、オニールも「あれが、冗談の口調か」とでも言ったのだろう、シモンが苦笑して、「それは、申し訳ない」とさして申し訳なく思っていないような口調で答え、「とにかく」と続けた。

「好きにしていいよ。必要なら、車はこっちで手配する。——ああ、うん、ユウリとオスカーは国際運転免許証を持っていくそうだし、なんならいっそのこと、大スターのために運転手付きのリムジンでも用意しようか？」

そんな話をして笑い合ったあと、ややあってシモンが電話での会話を終わらせた。

スマートフォンをしまうシモンに、ソファーに近づいたユウリが尋ねる。

「アーサー、ニューヨークに来られるんだ？」

「そうだね」

うなずいて、冷めたカフェオレに手をつけつつ、シモンは付け足した。

「なんでも、撮影が早く終わったそうで、なんとかニューヨーク行きのチケットを確保したらしい」

「へえ」

応じつつ近くのソファーに腰かけたユウリにシモンが「それで」と尋ねる。

「オニールはともかく、ロンドンのほうは大丈夫なのかい？」

明日、ロンドンから来る友人たちをさしての言葉に、ユウリが自分の携帯電話を取り出しながら答えた。

「そうだね。彼らは、今日の夜、ロンドンを車で出て、明日の早朝にパリに着く予定だそうだよ。——ちなみに、着いたら、シモンにメールするって」

後半は、新着メールを読みながらの報告だ。

シモンを指定したのは、ユウリがともすればメールのチェックを怠ることを知ったうえでの判断だろう。

約束があれば、まめに携帯電話を見るようにするユウリであるが、他に気がいっていると忘れることもままあるので、正しい判断と言わざるをえない。

そのことを誰よりも知っているシモンが「わかった」とうなずくと、ユウリが「あ、それから」と付け足した。

「ニューヨークには、シリトーも来るみたい」

「……ああ、シリトーね」

話題にあがったアーチボルト・シリトーは、パブリックスクールで彼らより二つ年下だった後輩で、この夏に卒業し、母国アメリカに戻っていた。在学当時、重要な役職に就いていたシモンは、各学年の生徒の情報にも詳しいため、心得た様子でうなずく。

「彼の家は、ニューヨーク郊外にある一軒家だから」

「へえ。それなら、ガイドブックがなくても案内してくれそう」

ユウリの言葉に、シモンが小さく首を傾《かし》げる。

「それはどうかな……」

ロンドンやパリに住んでいるからといって、ガイドブックなしで街を観光案内できるとは限らない。それはニューヨークも同じはずだが、メールに気を取られていたユウリは聞き逃したようで、「ああ、それと」と付け足した。

「シリトーが、シモンと一緒に過ごせないのをとても残念がっているって。西海岸までご一緒できないのが、痛恨の極みとかなんとか」

「ふうん。……まあ、彼の場合、ボストンでの準備がいろいろとあるんだろう」

シリトーが進学する大学のある場所をさしての言葉に、ユウリも「そうだよね」と納得する。

するとわずかに間を置いて、シモンが「ただまあ」と自戒するように言った。

「こうしてみると、つくづく自分の求心力のなさを思い知らされる」

「え？」

驚いたユウリが、「なんで？」と目を丸くした。

「別に、みんなシモンを避けているわけではなく、たまたまシモンの予定と合わなかっただけだから」

「もちろんわかっているし、悪い意味で言っているわけでもない」

答えたシモンが、「とはいえ、事実」と続ける。

「これは前にも言ったと思うけど、君と出逢《であ》うまで、僕のまわりにはおべっかを使うような連中しかいなくて、僕は友人というものに少々倦《う》んでいたんだけど、おべっかを使わないような自尊心のある人間は、こちらから率先して友人関係を築こうとしない限り、おいそれと近寄ってはこないというのを、君との関わりで学んだんだ。しかも、そうしてあき出したとたん、パスカルやルパートのような信頼するに足る人間がまわりに集まってきた。――それから考えるに、セント・ラファエロで過ごした時間は、僕のその後の人生における大転換期だったと、今なら自信をもって言えるよ。言い換えると、あのままの僕だったら、今頃はまさに『裸の王様』を演じていただろう」

「そんなことはないと思うけど」

ユウリの反論に小さく肩をすくめたシモンが、「ただ」と言う。

「いくら僕が積極的に友人と接するようになったところで、本質として他者を受け入れることを知っている君にはとうてい敵《かな》わないわけで、そのことを実感するたびに、僕は改めて人間関係において謙虚になれるから、つまり、これは前向きな反省で、もちろん、そのことだけではないけど、君にはやっぱり僕のそばにいてもらわないとね」

途中は首を傾げるような内容であっても、帰結には異論のなかったユウリが、「うんまあ」とうなずく。

「こうしてそばにいることに文句はないけど、シモンが思っている以上に、シモンは人気があるし、その想《おも》いが届かずに焦がれている人間は、この瞬間にも数多《あまた》存在しているわけだから、シリトーやアーサーがたまたま予定を合わせられなかったことくらいで、落ち込む必要はないと思う」

ユウリの言葉に、シモンが笑って応じる。

「たしかにそうだし、ごめん、実は落ち込んではいない」

「そうなんだ?」

「うん。——ただ、むかっ腹が立つだけで」

意外だったユウリが、「むかっ腹?」と訊き返すと、シモンが少しふてくされたような口調になって「だって、そうだろう」と説明する。

「僕の求心力のなさはさておき、彼らの場合、明らかに『鬼のいぬ間の洗濯』で、僕がいない隙に君と仲よくしようとしているのだから、姑息《こそく》もいいところだ。――かように、そう感じる自分の狭量さに呆れるのと、僕にそう思わせる彼らへのむかっ腹……とでも言えばいいのか。――本当に、つくづく自分というものの矮小《わいしょう》さを思い知らされて、嫌になる」

「へえ」

今度はユウリが肩をすくめて、応じた。

「なんか複雑そう……」

「たしかに」

「でも、シモンにも、そういう人間的な部分があると思うと、なんか嬉《うれ》しいかも」

「そうかい？」

そこで、水色の瞳でユウリを見つめたシモンが、「ちなみに」と訊き返した。

「君には、ないのかい？」

「嫌な部分？」

「うん」

「死ぬほどあるよ」

「そうなんだ」

「当たり前だよ」

パッと両手を開いて応じたユウリが、「僕なんて」と続ける。

「それこそ、シモンに比べたらしょうもないところばっかりだから」

「へえ」

意外そうに受けたシモンが、訊く。

「たとえば？」

「たとえば、そうだな、えっと、メールのチェックをすぐに忘れるし、なにか考えているとまわりがまったく目に入らなくなるし、間抜けだし、脳味噌《のうみそ》がナノサイズだし、存在価値がないくらい、ものの役にも立たないから」

後半は、ここにいない人間がよくユウリを評して言う言葉であったため、シモンが溜め息をついて応じた。

「前半はともかく、後半は正当な自己評価とは言えなそうだね」

「かもしれない」

ユウリが認めたところで、「にしても」とシモンが現実的な問題に目を向けた。

「オニールに加えシリトーまで泊まるとなると、さすがにホテルの部屋が定員オーバーだな。いちおう独立した寝室が三つあるからいいかと思っていたけど、女性陣は別に部屋を取ったほうがいいかもしれない」

「でも、今から取れる？」

「……ま、なんとかなるだろう」

言いながら、シモンがスマートフォンを操作していると、客間の扉がノックされ、返事を待つ間もなくバタンと大きく開かれた。

「あ、いたいた、ユウリ」

言いながら入ってきたのは、ユウリと同じ滞在客の一人にして、シモンの従兄妹《いとこ》であるナタリー・ド・ピジョンだった。

ボブカットにした美しい赤毛。

人を魅了するモスグリーンの瞳。

パリコレの衣裳《いしょう》も難なく着こなせる絶妙なプロポーションを持った美女の登場であったが、その瞬間、シモンの機嫌が絶大に悪くなる。見た目とは裏腹に、ナタリーは、とんでもない破壊力を持つ問題児で、目下のところ、シモンの頭痛の種だからだ。

「なんだい、ナタリー。邪魔するなと言ったはずだけど」

冷え冷えとした声で言われたにもかかわらず、ナタリーはどこ吹く風で「そうねえ」と応じる。

「たしかに、今朝、そんなことを言われた気もするけど、安心して、用があるのは、貴方ではなくユウリだから」

「そのユウリにも、不用意に近づかないよう警告したはずだよ」

片手を翻しての指摘に、ナタリーが「ああ、もう」と文句を並べたてる。

「男のくせに、うだうだうるさいわね。南極のペンギンじゃあるまいし、近づいたって黴《ばい》菌《きん》が移ったりしないわよ。それに、そこまで言うなら、私が近づかなくても、ユウリのほうから来てくれる分には構わないわよね」

言いながら、手でユウリを招き寄せたナタリーに対し、彼女のことを気に入っているユウリがシモンを気にしつつ近づいていく。

「なに、ナタリー？」

「それがね、ユウリ。貴方に、頼みがあるの。聞いてくれる？」

「もちろん」

「よかった」

気前よく応じるユウリの背中を見て、シモンが小さく諦念《ていねん》の溜め息をつく。ナタリーの頼み事など、どうせロクなものではないとわかっているからだ。

そのナタリーが、ユウリに一枚の紙を渡して告げた。

「これ、アメリカのお土産リスト」

「お土産リスト？」

「そう」

お土産というのは、旅行している本人がおのれの感性で買ってくるものだと思っていたユウリだが、どうやらロワールでは違うらしい。

要求され、買わされる。

ナタリーが「ああ」と付け足した。

「それ、私だけでなく、あの子たちの分も書いてあるから、くれぐれもよろしく」

「あの子たち」というのは、ここにはいないシモンの双子の姉妹マリエンヌとシャルロットをさしているのだろう。

「それと」

ナタリーが、さらに説明を加える。

「現地に行かないと買えない限定品もあるから、あとでこっそりネットで買おうと思っても無駄よ」

渡されたリストには、天下に名を轟かせる宝飾店の名前や服のブランド名やらがずらりと並んでいる。

それを見て、小さく首を傾げたユウリだが、それでも「わかった」と了承し、「友達が」と続けた。

「五番街に買い物に行くようなことを言っていたから、頼んでみるよ。――ただ、時間の都合で買えない場合もあると思うから、その時はごめん」

「も〜、先に謝られちゃうとね。ま、しょうがないとしか言いようがないわ。そっちも予定があるだろうし」

両手を開いて応じたナタリーが、「あ、そうそう」と付け足した。

「かんじんなことを言い忘れるところだったけど、支払いはシモンに任せておけばいいから」

それにはさすがにうなずけなかったユウリに代わって、シモンが横から呆れたように応じる。

「当然だろう。そんなもの、フォーダム家に支払いを押しつけようものなら、あとで父が恥をかく」

それから、遅ればせながら歪《ゆが》んだ常識をその場で正した。

「だいたい、さっきからずいぶんと好き勝手言っているようだけど、お土産は要求するものじゃない。それは、妹たちにも言えることだけど、過剰な買い物については、当然、各自にあとで請求書を回すから、そのつもりでいてくれよ」

きっぱりと言い渡すが、それくらいではあとに引かないナタリーが、「あら」と文句をつける。

「そんなこと言って、自分は、桁違《けたちが》いに高い部屋に泊まるくせに。ふ〜んだ、ケチ」

舌を出して悪態をついたナタリーが、クルリと部屋を出ていきながら言った。

「とにかく、よろしく頼んだわよ〜」

3

風を切って、大空を舞う。

眼下には、大地の連なり。

彼方《かなた》に、鬱蒼《うっそう》とした森や岩山の稜線《りょうせん》。

視界は、まるで魚眼レンズを通して見ているかのように広く、その分、遠近感が歪んでいる。

高く尾を引く鳥の鳴き声。

彼は、鳥となって空を飛んでいた。

いや、単に、飛んでいる鳥に同調しているだけなのか。

どちらであるかはわからないが、それはなんとも不思議な感覚で、かつ神聖な気分のするものであった。

鳥は、天界に近い。

しかも、思考はなく、ただ自然界とともにある。

それだけに、その精神は不可侵で、かつ崇高だ。

そんなものに同調するということは、人の手で施す禊《みそぎ》などを上回ってあまりあるほどの浄化作用があった。

実に爽快《そうかい》で、洗われて、新しく生まれ変わる心地がした。

（なんて気持ちいい……）

滑空の浮遊感に酔《よ》い痴《し》れていると――。


「――ユウリ」

呼ばれると同時に肩を揺すられ、ハッとしたユウリは急降下するように肉体へと帰還した。実際はといえば、ふつうに目を覚ましたに過ぎないのだろうが、感覚としてはそうだった。

とはいえ、目覚めたところにあったのは、大天使が降臨したかと勘違いするほど完璧に整ったシモンの顔だったため、一瞬、これが夢の続きなのか、それとも、夢こそが現実であったのかがわからなくなる。

「……あれ？」

「『あれ？』じゃなく」

ユウリの寝惚《ねぼ》けた声を聞いたシモンが、苦笑して続ける。

「気持ちよさそうに寝ているところを悪いけど、もうすぐこの飛行機は着陸するから、起きてくれるかい？」

ユウリがいるのはベルジュ家のプライベートジェットの中で、いつの間にか、柔らかな革張りのソファーに寝そべり熟睡していたようである。

慌てて身体《からだ》を起こしたユウリが、謝る。

「そうか、ごめん。しかも、ソファーを占領しているし」

「それは気にしなくていいよ。座るところは、このとおり、たくさんあるからね。ただ、さすがに着陸時は、なにかあった場合に備えて、いちおうシートベルトをしてもらわないとだめだから」

「そうだよね」

小型のジェット機とはいえ、ふつうの飛行機とは違い、広々とした空間にソファーやテーブルが間隔を置いて配置され、ミニバーもある。もちろん、食事も申し分なく、すべてが至れり尽くせりだ。

ただ、惜しむべくは、それらを堪能《たんのう》する暇がなかったことで、すっかり眠りこけていたユウリに対し、離れたところに座っていたユマ・コーエンが、一緒におしゃべりをしていたエリザベス・グリーンと顔を見合わせて、からかった。

「さすが、ユウリ。大物ね」

「ホント。私たち、こんな豪華な飛行機に乗るの、初めてだし、おそらく二度とないと思うと、興奮して寝るどころじゃなかったっていうのに」

「さっき、コックピットまで見学してきちゃったわよ」

渡米中のオニールの従兄妹であるユマは、栗色の髪に蠱惑的《こわくてき》な緑灰色の瞳を持つどこか中性的な魅力を醸し出す実力派女優で、驚くほどの美人ではないが、人の目を引くカリスマ性は十分にあった。

対するエリザベス・グリーンは、金髪緑眼の、まさしく絶世の美女で、芸能人であるユマの横にいてもまったく見劣りするようなことはない。それだけに、一緒にいると、よく芸能人と間違えられるのだが、浮ついたところはいっさいなく、弁護士になるために法律を勉強中である。しかも、目指しているのは企業法務などの花形ではない。自身が養護施設出身ということもあり、貧しい子供たちが社会で不利益を被《こうむ》るのを少しでも軽減できるよう戦う弁護士になるのが夢だった。

女性陣の隣のソファーで話を聞いていた一つ下のエドモンド・オスカーが、ユウリのほうを振り返って言う。エリザベスと同じ弁護士を目指す彼は、黒褐色の髪と瞳を持った比較的ふつうの顔立ちの青年だが、物腰が大人びているうえにかなり豪胆な性格をしているため、こうして年上の集団に交じっていても臆《おく》する様子はまったくない。外見だけで言ったら、ユウリのほうが年下に見えるくらいだ。

「本当に、驚くほどすやすやと寝ていましたが、やっぱりフォーダムは、ベルジュと行動することが多いだけあって、こういうのに乗り慣れているんですね？」

「まさか」

　ユウリが慌てて否定する。

「僕は、いつだって、移動はエコノミークラスだよ」

「またまた」

　控えめで家自慢をすることのないユウリであるが、順当に行けば、将来は爵位を継いで英国子爵となり、かつ父親は世界的に有名な科学者である。つまり、彼自身、立派な「セレブ」の子息だ。

　ユマが信じていないように「そんなわけないじゃない」と言ってから、「アーサーがとここにはいない従兄《いとこ》の名前をあげて続けた。

「今回は、すべて映画会社持ちだから、行きも帰りもファーストクラスだって吹聴していたんだけど、さすがにこれには勝てないわよね」

「言えている」

「ふん、いい気味。さんざん自慢された分、会ったら絶対に自慢してやるわ。そのために、自撮りもたくさんやったし」

「たしかに、自慢できるわね。――だって見て、このフカフカなソファー。こんなの、化粧室を借りるために入る一流ホテルのロビーでしか見たことがない」

　言いながらソファーの上で軽く身体を上下させたエリザベスに「ホントよねえ」と言っ

て同じように身体を動かしたユマが、「そういえば、ベルジュ」と緑灰色の瞳を輝かせて尋ねた。

「宿泊するホテルも、私たちのために、有名な『ブルーリボン・スイート』を取ってくれたんでしょう？」

「ああ、うん」

シモンが、ソファーに腰かけながら答えた。

「ちょうど空いていたから、取ってみた。女の子は好きだろうと思って」

「好きどころか、私、憧《あこが》れていたのよ」

ユマの言葉に、エリザベスが首を傾げて訊く。

「なにそれ。――私、よく知らないんだけど、有名なんだ？」

「有名も有名」

いつもより少しテンションの高いユマが、某宝飾店の名前をあげてから力説する。

「――で、その五番街のシンボル的な存在となっている宝飾店の創業者が、かつて住んでいた部屋を改装し、ブランド・イメージに合う部屋に作り替えたのが、私たちの泊まる『ブルーリボン・スイート』なの」

「ふうん」

「当然、その店のプレゼントをもらった時に感じるときめきを形にしたような部屋は、世界中の女子たちの憧れで、ご多分に漏れず、私もその一人ってわけ」

「そうなんだ」

納得したエリザベスが、微笑《ほほえ》んで言う。

「たしかに、あのブランドなら、ちょっと期待大かも。なんか、私もすごく楽しみになってきたわ」

「期待していいわよ。夢のような世界だから」

浮き浮きした様子のユマに対し、ふだんから人一倍現実的な感覚を持っているエリザベスが、「だけど」と当然の懸念を示す。

「『スイート』というからには、高いんでしょう。支払いは、どうするの？」

「ああ、たしかに」

考えていなかったユマが、急に不安そうな顔になってシモンのほうを振り返る。

すると、みなまで言う前に、シモンが心得たように「もちろん」と答えた。

「最初に提示したように、今回の旅行に関しては、飛行機での移動と宿泊代だけは、ベルジュ家のほうで持つから心配しなくていい。それは、新たに取った部屋も同じだ。――というのも、うちが定宿にしている部屋が独立した寝室を三つ持っていることから、それをみんなで使えば宿泊代が浮くと思って出した提案だったんだけど、ここにきて、急にオニールとシリトーが加わることになって、さすがにこの人数で使うには狭苦しく、急《きゅう》遽、ユマとリズが別の部屋になっただけのことだから。二人からだけ取り立てるわけにもいかないしね。――もし取るなら、それこそ、オニールとシリトーからだろう」

ありがたい言葉に対し、顔を見合わせた二人が、ニッコリ笑って礼を述べる。

「なら、お言葉に甘えて」

「本当にありがとう。得難い体験をさせてくれて」

「どういたしまして。そうやって喜んでもらえるなら、何よりだよ」

そんな話をしているうちにも、飛行機は無事飛行場へと着陸し、彼らは迎えにきていたリムジンに乗って、一路、マンハッタン島へと向かった。

4

その夜。

ユウリたち一行は、あとから加わったアーサー・オニールのたっての希望で、夜の繁華街へと繰り出していた。

タイムズスクエアに近い劇場街は、きらびやかな電飾の海に沈んでいる。

話題のミュージカルを観終《みお》わったところで、もの珍しそうにあたりを見まわしながら歩いているユウリの横を、ジーンズのポケットに親指を突っ込んで庇護《ひご》するように歩いていたオニールが、斜め前を歩くユマに向かって言った。

「そりゃ、さぞかし乗り心地がよかっただろうよ」

俳優同士ミュージカルの感想を言い合っているのかと思いきや、ユマからさんざん聞かされた自慢話への突っ込みだ。

炎のような美しい赤毛。

女性をときめかせる甘い顔立ち。

すらっとした長身が織りなす抜群のスタイルのおかげで、まるで雑誌から抜け出したかのように流行の服を難なく着こなすことができるオニールは、貴公子のシモンが流行に左右されない上質な装いをするのに対し、まさに芸能人らしいファッショナブルな服装と言えた。

しかも、洗練された雰囲気は、時を追うごとに増している。

オニールの言葉に対し、やはりあとから加わったアーチボルト・シリトーが、「まったくもって」と同意した。

「そんなことなら、僕も、イギリスを出るのをちょっくら遅らせればよかったですよ」

夕方になってホテルの部屋に直接来たオニールとは違い、シリトーはホテルのロビーで彼らを出迎えてくれたのだが、格式の高い場所で、なんとも声高に「フォ～ダ～ム！」と呼ばれた時には、さすがのユウリも慌ててしまった。

シモンの姿を認めた支配人らしき人物が慇懃《いんぎん》な態度で黙殺してくれたのが救いで、すぐさまオスカーが後輩の口を塞《ふさ》いで引きずるように連れていってくれたため、それ以上の被害はなかったが、気をつけないと、パブリックスクールを卒業しても、彼の道化めいた振る舞いは健在であるようだ。

「というか」と、シリトーが続ける。

「いっそのこと、教えてくだされば、いったんイギリスに戻って出直したんですけど、残るチャンスは、みなさんのお帰りに合わせていったんパリに行き、日帰りでボストンに戻ってくることですかねえ。う～ん、忙《せわ》しない」

誰も頼んでいないことを一人で悩んでいるシリトーをそのままに、オニールが、「だいたい」と、このあたりでも名の知られたレストランの扉を開けながら言う。

「あのホテルの部屋は、なんだ。——さすがの俺も、ベルを鳴らすのに一瞬戸惑ったぞ」

「あ、それは言えている」

ユマが言い、エリザベスも「そうよねえ」と深く溜め息をついて応じた。

「今さらとはいえ、ベルジュって、本当に私たちとは別世界の人間なんだって、つくづく実感したわ」

女子の憧れであるスイートルームを満喫している彼女たちだが、荷物を解いて落ち着いたところで、男性陣の泊まる部屋にやってきた時には、扉の向こうに広がった光景を目にしてしばらくは唖然《あぜん》と立ち尽くしていた。

それくらい、豪華絢爛《ごうかけんらん》だったのだ。

ルイ十五世風の家具でまとめられただだっ広い室内には、応接間とは別に独立した食堂があり、寝室が三つ、バスルームが四つ、他にも窓辺に置かれた書斎机はマホガニー製であるなど、すべてがフランスの宮殿を思わせた。

そんな部屋の借り主であるシモンは、到着早々休む間もなく、ニューヨーク支社の重役たちとの会合へと向かい、ここにはいない。おそらく、その任務と引き換えに、ニューヨークまでの往復のプライベートジェットとこの豪華な部屋を獲得したに違いない。そういうやり方が、シモンがただのわがままなお坊ちゃまたちとは一線を画すところで、決して分不相応な贅沢《ぜいたく》を一方的に享受しているわけではなかった。

そんな裏事情をある程度知っているユウリは、ひたすら羨《うらや》ましがっている仲間たちの中にあって、特になにを言うでもなく話を聞いている。

「あれは、やばいわよね。帰りたくなくなりそう」

「本当よ」

女性陣に続き、年下のオスカーが「もっとも」と言う。

「ベルジュにとっては、あれは日常の延長に過ぎず、日々、ほとんど変わらない環境で暮らしているんでしょうけど」

「それはすごい。すご過ぎる」

シリトーが呼応し、わが身を振り返って嘆いた。

「それに比べたら、僕の部屋なんてウサギ小屋ですよ」

「そりゃ、身の丈に合っていて、けっこうなことだ」

「あ、今、身長のことをディスりましたね」

「それがどうした」

「訴えてやる」

「やってみろ。いつでも受けてたつぞ」

オスカーとシリトーのコミカルな小競り合いを背中で聞きながら店内に入り、受付の女性に話しかけたオニールが、しばらくなにやら交渉したあと、両手でバツ印を作りながら仲間のほうに戻ってきた。

「やっぱ、待っても駄目みたいだ。予約がないと入れないって」

「え〜、残念」

ユマのあげた声のあとで、オスカーが冷静に応じる。

「でもまあ、そうですよね。ガイドブックにもきちんとそう書いてあったし」

彼らが足を運んだのはミシュランガイドにも載っている人気店で、予約がないと入れないことはわかっていたのだが、当日なら、逆にキャンセルが出るかもしれないと考え、とりあえず来るだけ来てみたのだ。

だが、現実はそう甘くない。

「しかたない。さっき覗《のぞ》いた店に行こう」

そう言って踵《きびす》を返したオニールを、その時、あとから入ってきた男性が呼び止めた。

「あれ、オニール君じゃないか」

全員の視線を集める中、いかにもアメリカ人的な豪快さを持った髭面《ひげづら》の壮年男性が、オニールの肩に手を伸ばし、ポンポンと叩きながら続ける。

「奇遇だね。——もしかして、ミュージカルを観てきた帰りかい？」

「ああ、ええ、そうです」

応じたオニールが、「それで」と続ける。

「ついでに、友人たちを誘って、先日、ブロードウェイに行くならぜひ足を運ぶといいと教えていただいたこのレストランにも来てみたんですけど、あいにく予約を入れる暇がなくて、思ったとおり満席でした。――ということで、残念ですが、また次の機会に来てみます。もちろん、今度はきちんと予約を入れて」

だが、オニールが言ったとたん、「そんな」と相手が誘う。

「次の機会なんていつ来るかわからないものに頼らずとも、一緒においで。ちょうど、これから奥の個室で会食をすることになっていたんだ」

「いや、でも」

オニールが、慌ててユウリたちを示して言う。

「僕を含めて六人いるから、さすがに……」

一人、二人なら増えても構わないだろうが、六人は多過ぎるはずだ。

だが、相手は太っ腹なところを見せて答えた。

「構わんさ。知らない若者がいたほうが僕も刺激があって楽しいし、たしか、前に聞いた話では、彼らはみんな、ロンドンから来た友人なんだろう?」

「ええ、まあ。一人だけ、違いますけど」

「だったら、なおさら、次の機会とか言っている場合じゃない。それこそ、地元の奴《やつ》なんて、いくらでも次の機会があるんだから、あとまわしにすりゃいいさ」

つまり、これから、当初の予定にあった人間を、数人キャンセルする気でいるようだ。

「いや、さすがにそれは、まずいんじゃ」

「平気、平気」

オニールが止めようとするが、権力者の横暴さを明るく発揮し、相手が目を細めて一同を見まわした。

「それに、ほら、見たところ、君たちは美男美女揃《ぞろ》いだから、僕たちの目の保養にもなるし、もともと僕が君に薦めた店であれば、ぜひ食べていってほしいんだよ」

結局、その男に押される形で、彼らは満席になっていた有名レストランでの食事にありつくことができてしまう。

席についてすぐ、オニールが仲間たちに男のことを紹介した。

「みんな、今さらだけど、この方は、現在撮影中の映画の配給会社のオーナーである、ドナルド・キング氏だ」

「え、キングって」

すぐにピンと来たらしいユマが、言う。

「もしかして、『キング&ブラザース』の？」

「もちろん」

オニールが認めると、キングのほうもなにかに気づいたらしく、「そう言う君は」とユマを見つめて言った。

「ユマ・コーエンだな。――イザベル・オニールの姪《めい》の」

「ああ、はい、そうです」

英国を代表する大女優であるイザベル・オニールは、当然、ハリウッドでも仕事をしていて、その名は広く知れ渡っている。

ユマが訊き返す。

「もしかして、叔母と仕事をしたことがあるんですか？」

「いや。直接はないが、でも、もちろんいつか仕事できたらと思っている」

そんな感じでテンポよく進んでいく会話であったが、その陰で、今夜、楽しみにしていた食事を食いっぱぐれた人間がいるかもしれないと思い、ユウリはいささか落ち着かない気分になっていた。

映画配給会社のオーナーというからには、キングはこの業界ではかなりの権力者であるはずで、ドタキャンされた中には、オニールのように、これから売り出そうと野心に燃えている若手俳優がいた可能性もある。

このことでオニールがいらぬ恨みを買わなければいいと危惧《きぐ》しながら、キングの連れを眺めたユウリは、正面に座る人物と目が合ってしまい、思わずドキリとした。

鳥を思わせる鋭い瞳。

黒いまっすぐな剛毛。

明らかに白人ではない男は、その後の紹介でハリウッドで活躍する俳優であることがわかる。さらに「ジャンド・ワグヌカ」という珍しい名前は、ネイティブ・アメリカンの出身だからだと知った。

（……ネイティブ・アメリカン）

ユウリは、テーブル越しの会話を聞くともなしに聞きながら、改めてそのことを考えてみる。

男の持つ独特の威厳のようなものがどこから来るのかはわからなかったが、歴史上、理不尽に虐げられてきたマイノリティとして、自分たちの文化を守ろうとする矜持《きょうじ》があるのは間違いなく、そんな誇り高さが男の姿勢にも表れている気がした。

ただ、同時に、彼には、そういった世俗のものとは切り離された、崇高さのようなものも感じ取れる。

そんな彼と、ユウリはつい最近どこかで会ったように思えたのだが、いくら考えても思い出せず、次々に出てくる料理に気を取られ、いつしかどうでもよくなる。

さすが、舌の肥えたセレブが通う店だけはあり、料理はどれも絶品で、食べ盛りの彼らはさして遠慮することなく、モリモリと食事を平らげていく。

その間、キングの連れで「プロデューサー」を名乗る男が、エリザベスをスカウトし続けたが、もちろん、彼女は歯牙《しが》にもかけない。

そんな一幕もありつつ、やがて会食も終わりに近づいた頃、キングが「ところで」とさりげなく切り出した。

「話はまったく変わるんだが、君たちイギリス人は、非常に幽霊好きだとよく聞くが、それは本当かい?」

オニールが、肩をすくめて応じる。

「まあ、嫌いではないですけど、人並みだと思いますよ」

「そうですね。私も、嫌いではないけど、進んで幽霊を見に行くほどではないかもしれません」

「私は、むしろあまり好きじゃないわ」

どっちつかずの返答をしたユマに続き、エリザベスが消極的な態度を示したのに対し、シリトーが「そうですか～」と楽しげに言った。

「僕は、大、大、大好きです。まだ会ったことはありませんが、エリザベス一世でもメアリ王妃でも、マリー・アントワネットでも、リンカーン大統領でも、会えるもんなら会ってみたいですよ」

「俺も、まあ、どっちかと問われたら好きなほう――というか、まず興味がわきます」

　そんな中、ユウリだけは特にコメントせず黙っていたが、キングは気にせず、「もし」と申し出た。

「興味があるようなら、僕がオーナーになっている、とびっきりの幽霊屋敷に招待しようと思うんだが、どうだろう。――特に、オニール君には、時間が許すようなら、ぜひとも足を運んでみてほしい」

「僕ですか？」

　名指しされ、意外そうに首を傾げたオニールに、キングが告げる。

「そう。というのも、今、その幽霊屋敷を舞台にホラー映画を作ろうという話が持ちあがっていて、君も名前くらいは知っていると思うけど、チャック・アンダーソンという、あの観客動員数で歴代一位を抜いてトップに立った『ＷＨＯ　～古城にひそむもの～』の脚本家が、執筆のために現地に泊まり込んでいるんだ」

「ああ、知っています。――へえ、彼がいるんですか？」

「うん。しかもここだけの話、君は、彼の中で主役の候補にあがっているそうで、それでなくても、僕が考えるに、君の持つ、今どきの英国人らしい雰囲気がチャックの想像力を刺激するんじゃないかと思うんだ」

「へえ」

初耳だったオニールは、明らかに食指を動かされたようである。

それもそのはずで、全米でも名高いヒットメーカーの脚本家に主役のイメージを持たれているとなれば、得意な気持ちにもなるし、何より役者冥利《みょうり》に尽きる。

その後、話はとんとん拍子で進み、帰る頃には、すでに「幽霊屋敷」に行くことは決定事項となっていた。

キングが会計をすませている間、パラパラと動きだした人々の波に乗り、ユウリも先に外に出て、あとから出てくる仲間を待つ。

同じ繁華街でも、ニューヨークとロンドンではなにかが違った。聞こえてくるのは英語だし、人種が入り乱れているのも変わらないのに、それでも空気感が違うのだ。

ただ、見あげた先の月だけが、なにも変わらずにそこにある。

そんな感慨に浸るユウリの横に、その時スッとワグヌカが立ち、「君は」と静かに話しかけてきた。

「ほとんどしゃべらないんだな」

「え?」

一瞬驚いたユウリが、すぐに謝る。

「あ、すみません」

「謝らなくていいが、もしかして、英語は不得手か?」

「いいえ」

否定したユウリが、「単に」と続ける。

「話しベタなだけです。――というか、異様に口が達者な仲間が揃っているから、あえて僕がしゃべる必要がないとも言えますけど」

「なるほど」

ちょうど外に出てきたシリトーを見て納得したワグヌカが、「それなら、一つ訊くが」と問いかける。

「君も、『ウッドポール・ハウス』に行くつもりか？」

「『ウッドポール・ハウス』？」

「例の幽霊屋敷の名前だ」

「ああ」

納得したユウリに、ワグヌカが重ねて尋ねる。

「行くのか？」

「そうですね、えっと……」

先ほどの様子だと、オニールはもう行かざるをえない状況になっていたが、他の仲間がどうするかは、まだ決まっていない。

それでユウリが返事をできずにいると、「まあ、なんでもいいが」と質問を切り上げたワグヌカが、胸にさしていた赤いきれいな羽根を外しながら警告するように言った。

「もし、『ウッドポール・ハウス』に行くなら、気をつけることだ。誰がなにを追い求めているのか、そこを間違えると大変なことになる」

「え？」

思わずワグヌカの顔を見つめ返したユウリが、心許《こころもと》なく繰り返す。

「……誰がなにを？」

そんなユウリの姿を鳥のように鋭い瞳に映しながら、ワグヌカは外したばかりの赤い羽根を渡して告げた。

「とにかく、心して観察することだ。――お前なら、きっと終わらせることができるだろう。その際、その羽根が少しは役に立つはずだから、忘れずに持っていけ」

「終わらせる……？」

ユウリが繰り返し、さらなる情報を引き出そうと口を開きかけるが、その時、ユウリとワグヌカを呼ぶ声がそれぞれの方向から響き、ワグヌカは、あっさり身を翻してユウリの前から立ち去ってしまう。

残されたユウリがそのたくましい背中を目で追っていると、ポンと肩に手を置いたオニールが、ユウリの顔を覗き込んで訊いた。

「どうした、ユウリ。彼になにか言われたのか？」

「あ、ううん」

名残惜しげにワグヌカからオニールに視線を移したユウリが、赤い羽根をポケットにしまいながら「なんでもない」と応じる。

それから、「アーサーこそ」と問いかけた。

「本当に、幽霊屋敷なんかに行くつもり?」

「う~ん、そうだよな」

そこで腕を組んで考え込んだオニールに対し、耳聡《みみざと》く聞きつけたユマが「言っておくけど、アーサー」と言い放つ。

「勝手に話を進めてくれちゃってたけど、私とリズは行かないからね」

「そうね。遠慮しておく」

同意したエリザベスが、「だって」とその理由をあげる。

「せっかくベルジュが私たちのために取ってくれた部屋を離れたくはないし、ユマと一緒にショッピングに行くの、楽しみにしてたから」

そんな二人の会話を聞きつけたシリトーが、「ショッピングとは」と言い、すぐにダジャレのようにあとを続けた。

「これまたショッキングなことで、正直、この世に、女性のショッピングほど恐ろしいものはなく、それくらいなら、僕は幽霊屋敷を散策したほうがマシかもしれません」

「なにそれ、失礼ね」

ユマが怒り、エリザベスも「本当に」と同意する。

「偏見も甚だしいし、男たちのくだらない下ネタ話に比べたら、ずっと優雅で洗練されているわよ」

「たしかに、それは一理ある」

いちおう女性陣の意見を認めたオスカーだが、「ただ」と自分の考えを伝えるのも忘れない。

「そうは言っても、俺も二人の買い物に付き合うくらいなら、申し訳ないけど、断然幽霊屋敷ツアーですね。――もちろん」

そこでチラッと霊能力を持つユウリのことを見て、彼を慮《おもんぱか》った発言をする。このメンバーでは、オスカーとエリザベスがユウリの霊能力のことを実際に知っていて、他の三人は、確信はしていても、実際にその力を目の当たりにしたことはなかった。

「最終的には、フォーダムに従いますけど」

「さすが、オスカー」

「第一の従者らしい発言ね」

「なら、第二の従者である僕だって、絶対にフォーダムと行動を共にします」

すかさず、シリトーが追随し、そんな二人を前にしたオニールが「別に」と言った。

「お前らがどうしようと勝手だが、僕は、キング氏の手前、明日、幽霊屋敷に行くしかなさそうだから、できれば、ユウリ、僕に付き合ってほしいんだけど、駄目かな?」

トパーズ色の瞳でジッと見つめられてのお願い事に、こんなふうに頼み込まれたら、たいていの女性は簡単に「イエス」と言うだろうなと思いながら、ユウリは「う〜ん」と悩む。

その様子を見て、オニールが「もちろん」と付け足した。

「行きも帰りも僕が運転するし、ユウリは、ただただアメリカ北東部をドライブするくらいの気分でいてくれていいから」

とたん、ユマが呆れたように突っ込んだ。

「なに、調子のいいことを言っているのよ、アーサー」

「本当よ。どんなに取り繕ったところで、しょせんはただの幽霊屋敷ツアーでしょう。――ね、ユウリ、無理して付き合う必要はないわよ」

エリザベスにまで突っ込まれ、オニールが鬱陶《うっとう》しそうに言い返す。

「うるさいな。僕は、ユウリに頼んでいるんだ。邪魔しないでくれないか」

そこで、全員の視線を浴びたユウリが、困ったように応じる。

「そう言われても、幽霊屋敷ねえ」

ワグヌカと話したことで、この流れはもう止めようがないことがわかっていたユウリであるが、彼自身がどうのというより、このことを聞かされたシモンが、絶対にいい顔をしないと予想できるため、すっかり悩ましい気持ちになっていた。

「もちろん、行く分には構わないけど……」

「けど？」

期待を込めて尋ね返したオニールを見返し、ユウリが申し訳なさそうに続ける。

「まあ、ひとまず要相談かな」

「誰に」とは言わなかったユウリであったが、仲間の誰一人として、誰と「要相談」なのか、その点をあえて問《と》い質《ただ》すことはなかった。

5

「悪いけど、そんなことでお伺いを立てられたって、僕が『いいよ、行ってくれば？』なんて、言うわけがないだろう」

案の定、ホテルの部屋でシモンに幽霊屋敷のことを話すと、けんもほろろな答えが返ってきた。

しかも、予想していたとはいえ、口調は思ったより辛辣《しんらつ》だ。

「だよねえ」

ひやりとしたユウリが首をちぢめて相槌《あいづち》を打つと、その様子を水色の瞳でチラッと見やって小さく溜め息をついたシモンが、「そもそも、ユウリ」と付け足した。

「君の場合、わざわざ幽霊屋敷に行ってまで幽霊に遭遇しようとしなくても、その気になれば、このホテルのロビーでもエレベーターでも、どこでも好きな時に好きなだけ見られるじゃないか」

「――え、いや、そんなことはないよ」

シモンにしてはいささか強引な主張に対し、ユウリが苦笑して応じる。おそらく、日中の疲れがあるうえに、帰って早々、こんな突拍子もない話を聞かされたため、さすがに少し苛々《いらいら》しているようだ。

とはいえ、カフスボタンを外しながら話す姿も、色気があって神々しい。

ちなみに、ここはシモンが使っている主寝室で、キングサイズのダブルベッドと洒落《しゃれ》たカウチが一つ、さらにテレビ台の並びには、小ぶりながらルイ十五世様式のライティングデスクまで置いてある。

部屋割りをした際、ユウリがこの部屋のカウチを使うという手も考えられたが、ニューヨークにいる間は生活の時間帯が違うことや、他の二つの部屋がツイン仕様できちんとベッドがあることから、今回はシモンが一人部屋で、他の四人がクジ引きで部屋割りを決めた結果、オニールとオスカーが同室で、ユウリはシリトーと相部屋になっていた。

ユウリの返答に、シモンが「そうかい？」と異論ありげに応じる。

「でも、けっこうな歴史を持つホテルであれば、表沙汰《おもてざた》にはなっていなくともいろいろな事件があったはずで、恨みを残したまま踏みとどまっている幽霊の一人や二人、いてもおかしくないはずだよ。――どうせなら、その人たちにスポットライトを当ててみてはどうだい？」

「いや、だからさ、シモン」

部屋の中に他に人がいないことから、堂々とユウリの霊能力についての話題を振ってくるシモンに向かい、ユウリがなだめるように言う。

「別に、闇雲《やみくも》に幽霊退治がしたくてこんな話をしているわけではなく、そういう流れになっているのに、僕が行かないというのもどうかという話だよ」

「もちろん、わかっているけど、わからないのは、なぜかってこと」

シモンが、鋭く指摘する。

「幽霊屋敷なんて、行きたい人間が行けばいいことで、それに君が付き合う必要はないはずだ。——だいたい、ロンドン塔だって、進んでは行かないくせに」

「そうだけど、でも、僕が行かないと言うと、きっとアーサー一人を幽霊屋敷に送り込むことになってしまって、それは、さすがにかわいそうだから」

シモンが、肩をすくめて「そんなの」と反論する。

「自業自得だし、君が『行っておいで』と勧めれば、オスカーもシリトーもオニールについていくだろう。なんだかんだ、行きたがっている様子は伝わってきたから」

「まあね」

その点は、ユウリもそう思っているので否定しない。

「だけど、そうなると、今度は僕一人でニューヨーク観光ということになってくるわけだけど、それもなんか危なっかしくない？」

「なら、誰か案内人をつけるよ」

「案内人」といえば聞こえはいいが、要は「お目付け役」である。自分から話題を振っておいてなんだが、それはご免こうむりたい。

「それはそれで却下……かな」

ユウリが拒否し、「桃太郎じゃないんだから」と付け足した。

黍団子《きびだんご》でお供を募る日本の昔話をあげての突っ込みも、日本の文化に精通しつつあるシモンなら十分に通じる。

「それなら、いっそリズとユマと行動すればいい。——そういえば、君、ナタリーにお土産を頼まれていただろう」

「……ああ、まあね」

「ちょうどいい。さっき、ユマたちが、明日は五番街に行くという話で盛り上がっていたから、一緒に行って、ナタリーに頼まれた買い物をしてきたらいいんじゃないか。——もちろん、請求書は、僕宛《あ》てにしてもらって構わないから」

「う〜ん」

唸《うな》ったユウリが、溜め息をついて応じる。

「それは、ちょっと気が進まない」

「そうなんだ？」

動きを止め、本気で意外そうな表情になったシモンが、嫌みではなく理由を問う。

「どうして？」

「だって、もちろん、彼女たちなら、僕が一緒に行くと言えば快く受け入れてくれると思うけど、やっぱり僕がいることで、女の子同士だったらできるような話もできなくなるだろうから、正直、二人の邪魔はしたくない」

「――なるほど」

ユウリらしい気遣いに、そこはシモンもそれ以上勧めることはしなかった。

ただ、だからといって、幽霊屋敷に行くことに賛同する気もない。

「それなら、やっぱり、誰か案内人をつけるから、君が行きたいところを観光して回ったらいいよ。――僕も、できる限り早めに予定を切り上げて合流する」

「あ、いや、う～ん」

先ほどより大きく唸ったユウリが、「それもねえ」と呟《つぶや》く。

もちろん、シモンとニューヨークを歩けるのは嬉しいが、状況を鑑《かんが》みれば、決して喜べることではない。

というのも、ユウリのために、シモンが強引に予定を変更するなどして、周囲の反感を買ってほしくないからだ。

それでなくても、異国の地では、若い彼に対する「お坊ちゃま」的な色眼鏡があるはずで、そのあたりの苦労を決して口にしないシモンだが、嫌な思いをしながらせっかくこうしてがんばっているのに、その足を引っぱるような真似《まね》だけは、絶対にしたくない。

それに、シモンにはまだ話していないが、例のワグヌカから渡された赤い羽根のことを思うと、シモンがどんなに反対し、ユウリがそれにおとなしく従ったところで、遅かれ早かれ、ユウリは「ウッドポール・ハウス」に行くことになるだろう。

だったら、つべこべ言って時間を無駄にせず、さっさと用事をすませて、シモンが自由を満喫できる西海岸での時間を盤石にすべきだ。

考えた末、ユウリは決めた。

「ごめん、シモン。相談しておいてなんだけど、やっぱり、明日はオニールたちと幽霊屋敷に行ってくる」

それに対し、深い溜め息をついたシモンが、「まあ」と譲歩する。

「君がそう決めたのなら、反対したところで君は行くのだろうし、好きにしたらいい」

シモンの側にしてみると、ユウリという人間が、ふだんはあまり強く自分の意見を主張しない分、一度こうと決めたらあんがい頑固で、他人の言うことなど聞き入れないのは重々承知している。

そのせいで、時々本気で頭に来ることもあったが、これでユウリがシモンの言いなりだった場合、それはそれでユウリの魅力は半減していただろうと思うにつけ、シモンは、人生はままならないからこそおもしろいのだと実感する。

ただ、一つ疑問なのは、今回、そこまでユウリが頑強になるだけの理由が思い浮かばないことだった。

もしかして、なにか見落としている要素があるのか。

それとも、ただ単に、なんだかんだ、オニールたちと行動したいだけか。

だとすると、そこをあまり深く掘り下げてしまうと、ムクムクとわき起こってくる感情があって、とどのつまりがおのれの狭量さを思い知らされることになるため、シモンはそれ以上考えるのをやめにした。

しょせんは、一泊程度の別行動だ。

そんなシモンに、ユウリが「もし、よければ」と控えめに提案する。

「今回、一緒にニューヨークの街を回れない分、近いうちにリベンジしに来ない？」

「……ああ、そうだね」

若干気まずい雰囲気が流れていた二人だったが、その言葉で、そんな空気もあっという間に解消する。

「そうしよう。君と行きたいところは、たくさんあるから」

「僕も」

そこで仲睦《むつ》まじく就寝の挨拶《あいさつ》をかわし、部屋を出ていきかけたユウリに向かい、シモンがふと思いついたように「ああ、そうだ」と尋ねた。

「かんじんなことを確認していなかったけど、まさか、ユウリ、その幽霊屋敷に、アシュレイがいるなんてことはないだろうね？」

「――アシュレイ？」

意表をつかれた様子のユウリが、「さあ」と逆に疑心暗鬼な表情を浮かべて言う。

「考えてもみなかったけど、ここはアメリカだし、さすがにアシュレイが絡むことはないんじゃないかと……」

「まあ、そうか」

シモンのほうでも、アシュレイが渡米しているという情報は今のところ得ていないので、ひとまず納得するが、追跡をかわすことなど朝飯前のあの男であれば、いつどこに現れても不思議ではなく、考えついたとたん、どことなく落ち着かない気分になるシモンだった。

第二章　ウッドポール・ハウスの客人たち

1

翌日。

午前中のうちにレンタカーでホテルを出発したユウリたちは、途中、何度か道を間違えた末に、午後も遅い時間になって、ようやく目的地へと到着した。

「たぶん、ここですね」

車を停《と》め、窓越しに大きな鉄門を見あげたオスカーが言い、シリトーが後部座席で喜びの声をあげる。

「やった～、ようやく着いた！」

それから、大きく伸びをして「本当に」と感想を述べる。

「二時間前に山道に入った時は、あのまま永遠に辿《たど》り着《つ》かない——いや、いっそ永遠の園に到達するんじゃないかと思って、ひやひやしましたよ。つまり、事故ってお陀仏《だぶつ》ってことですけど」

するると、助手席で地図を畳んでいたオニールが、「まったくだ」と嫌みっぽく同意した。

「誰かさんが道を間違えたりするから、さんざんな目に遭った」

それに対し、運転席のオスカーが、機器類を操作しながら反論する。

「それって、全部、俺のせいだと言ってます？」

「ああ、もちろん。——お前が運転していたんだから、お前のせいだろう」

「でも、オニールだって見ていたでしょうが、ナビは、あの道を示していましたから」

「……まあな」

その点は、不思議だがオスカーの言うとおりで、カーナビの指示どおりに走っていたら、とんでもない山奥に迷い込んでしまったのだ。気づけば、Uターンなどとうていできないほどの隘路《あいろ》にはまり込み、バックで戻るか、そのまま進むかで、オスカーとオニールは、バックで戻るほうを選んだ。

片側はほぼ断崖絶壁《だんがいぜっぺき》というあの道で、よくぞそんな決断をくだしたものだが、オスカーの運転技術とオニールの的確な指示があって初めてなしえたことだった。それと、若干の幸運にも恵まれた。

幸いユウリは山側に座っていて、その時の恐怖をあまり味わわずにすんだが、崖側《がけがわ》の後部座席にいたシリトーは生きた心地がしなかったようで、バックで戻る間じゅう、ずっと「宙に浮いている」だの、「床はどこだ、違う、地面はどこだ!?」だの、訳のわからないことを叫んでいた。

なんとか一般道に戻ってからは、カーナビを信じず、ローテクを駆使して、助手席で紙の地図を広げたオニールが先導し、こうして無事辿り着くことができたのだ。

それにしても、このご時世に、よく紙の地図を持っていたものであるが、それは、ユウリが出がけにシモンに渡され、鞄《かばん》に入れておいたものだった。

アメリカは広く、いまだ電波の届かないところも多いからと、念のため、シモンが配下の者に言って急遽《きゅうきょ》用意してくれたものらしいが、こうなってみると、さすがシモンとしか言いようがない。先見の明があり、この地図がなければ、彼らは完全に迷子になっていただろう。

「——で、どうします?」

運転席のオスカーが言ったのは、鉄門が閉まっていることへの対処法である。

「クラクションでも鳴らしてみますか?」

だが、それは、どう見ても無駄な行為といえそうだ。

鉄門の向こうは木々が生い茂っているだけで、車の中から見る限り、近くに建物は見えない。

シリトーが、すぐに茶々を入れる。

「なんなら、『開け《オープン》、ゴマ《セサミ》』とか言ってみましょうか？」

「いや。いったん降りて、様子を見てみる」

そう言ってオニールが車を降り、シリトーがそれに続いた。

それに倣ってオスカーがシートベルトを外していると、背後からユウリが肩をポンと叩《たた》いて、「お疲れ様」とねぎらう。

たったそれだけで、道中に負ったオスカーの疲れが吹っ飛ぶ。そこで、運転席のドアに手をかけたオスカーが、遅まきながら謝った。オニールがいる間は、決して口にしたくなかった言葉である。

「すみません、フォーダム。怖い思いをさせて」

「なに言ってんだか」

道に迷ったことだとわかっているユウリが、続ける。

「あれは、君のせいではないし、アーサーだって、それくらいわかっているよ」

「……だといいんですけど」

最後はあまり納得がいかない様子で呟《つぶや》き、オスカーが車を降りる。

その奥には、広大な屋敷《やしき》が建っていた。

しかも、「ウッドポール・ハウス」とはよく言ったもので、名前のとおり、そこらじゅうに木々が生い茂る場所に建つ屋敷だ。

面積にすると、どれくらいの広さになるのか。

全体像が見えないくらい、その大部分を木々の枝が覆っている。

なぜ、そうなるのかといえば、家の形がいびつだからだ。

仮に俯瞰《ふかん》した場合、建物のまわりに木々が生い茂っているのではなく、生い茂る木々の間に建物が建っている。つまり、邪魔な木があれば、切り倒して建てるのではなく、その木を避ける形で設計されていた。

ゆえに、木々の塊の向こうにさらに建物があり、また見えなくなったかと思うと、別の木々の向こうに一部が見えるといった具合だ。

「うわお」

それが、「ウッドポール・ハウス」を最初に目にした時のシリトーの感想で、オニールの言葉がそれに続く。

「……なんというか、想像以上に、独創的だな」

「たしかに」

あとから鉄門の前に立ったオスカーが同意し、最後に車を降り、ゆっくりみんなのほうに近づいたユウリが、屋敷を見あげて煙《けぶ》るような漆黒の瞳《ひとみ》を翳《かげ》らせる。

敷地《しきち》全体を包み込むオーラのようなもの。

遠くで聞こえる鳥の鳴き声。

(……なるほど)

車を降りた瞬間から、そこになにかを感じ取っていたユウリは、自分が呼ばれた理由がなんとなくだが、わかる気がした。

少なくとも、ここが、ただの家でないのは一目瞭然《いちもくりょうぜん》だ。

あるいは、ここに来るまでに道に迷ったのも、なにかの前兆だったのかもしれない。

そう思わせるくらい、そこには強い霊気が漂っている。

ただ、それでも、ちょっと不思議なのは——。

(幽霊ねえ)

その言葉が、どうにもこの家にはそぐわない。

たしかに、幽霊の一人や二人、漂っていてもおかしくはなさそうだが、比重という点からすると、その手のおどろおどろしさより、むしろ、この場はもっとずっと自然に近いなにかで覆われている気がした。

たとえば、そう。

(精霊屋敷……とか?)

そんなことを思うユウリのそばで、改めてあたりを見まわしたオスカーが感心したような声で「にしても」と告げる。

「同じニューヨーク州でも、こんなに景色が違うもんですかね。──ていうか、ここやさっきの山道って、本当にニューヨーク州ですか？」

それに対し、すかさず、ニューヨーク・シティ出身のシリトーが抗議する。

「あ、今、ニューヨークをバカにしましたね？」

「してねえよ」

「でも、言外に『田舎』というニュアンスが込められていた気がします」

「それは否定しないが」

「ほら、やっぱり、バカにしてます」

ユウリにしてみると、後輩である二人のこの手のやり取りは、喧嘩《けんか》というより、ただの掛け合い漫才だ。

そんな会話がまだまだ続く。

「だから、してないっての」

オスカーが面倒くさそうに言い、「だったら、シリトー」と続ける。

「お前は、ここがマンハッタンと同じに見えるか？」

「見えるわけがないでしょう。こう見えて、僕、視力はいいんですから」

「だろうな。視力がいいようにしか見えないし」

「あ、今度は、僕のことをディスりました？」

「さあ。どう思う?」

「どうって、ああ、もうわからない。どっちだ~!?」

勝手に混乱に陥っているかつての下級生を尻目《しりめ》に、門の正面に立つオニールの隣に並んだユウリが、「それで、アーサー」と訊《き》く。

「僕たちは、本当に中に入れてもらえるのかな?」

今のままだと、あまり歓迎されているようには見えないが、オニールは腕を組んだままうなずいた。

「ああ、そのはずだ。──キング氏が、屋敷の管理人に連絡をしたと言っていたから」

彼らがそんなことを話していると、前触れもなく目の前の鉄門が「ギギギッ」と音をたてながら勝手に開き始めた。

「ひゃあ」

「お」

一瞬驚いたあとで、組んでいた腕をほどいたオニールが「ほら」とユウリに言って門を示す。

「開いた」

「そうだね」

そこで、彼らはふたたび車に乗り込むと、奥の建物へと続く長い道のりをゆっくり進んでいった。屋敷までのアプローチは、木々の枝が両側から迫《せ》り出《だ》し、まるで熱帯雨林を走っているかのようだ。

　後部座席の窓から恐る恐る外を覗《のぞ》いていたシリトーが、「えっと」と声をあげる。

「なんか、イメージとしては、『幽霊屋敷』というより、『恐竜パークへ、ようこそ』って感じですけど、僕たち、本当に、ここから無事に帰れるんでしょうね？」

　ふざけているようでありながら、あんがいシリトーの感想は的を射ていて、折り重なる木々の隙間《すきま》から、ふいにティラノザウルスの巨大な頭が飛び出してきても、まったく違和感を覚えない。

　そのくらい鬱蒼《うっそう》としている。

　実際、ティラノザウルスではないが、同じように窓から外を見ていたユウリは、ある瞬間、木々の間に頭部の赤い鳥を見たように思い、小さく「あ」と声をあげた。それはまるで、見るものを奥へ、奥へと誘うように、木々から木々へと飛び移る。

　その間にも、車内の会話は進んだ。

「当たり前だろう」

　助手席のオニールが振り返って答え、「いちおう」と続ける。

「宿泊者を受け入れている場所だぞ」

「でも、そのわりになんの案内もなかったし、実は廃屋になっているってことはありません？」

「バカ言うな」

呆《あき》れたように応じたオニールが、「なんといっても」と主張する。

「あの『ドナルド・キング』がオーナーなんだ」

「でもでも、しつこいようですけど、宿泊施設として機能しているようにはまったくもって見えないし、その『キング氏』が、実は幽霊だったなんてオチはイヤですよ？」

シリトーのふざけた指摘に、車内に顔を戻したユウリが小さく笑って応じる。

「たぶん、それはないと思う。昨日会った限り、あの人からは、生きているものの快活さしか感じられなかったから」

「生きているものの快活さ……」

他の誰が言ってもさして説得力のない言葉だったが、なぜだか、ユウリが言うと現実味を帯びる。オスカー以外、ユウリの霊能力のことは明確に知らされていないとはいえ、彼が浮き世離れしたミステリアスな存在であることは、誰もが知っているからだろう。

ユウリが「ただ」と続けた。

「ここが、宿泊施設として機能しているかどうかは、たしかに怪しいね」

「まあ、そうなんだけど」

ユウリの言葉は素直に受け入れつつ、オニールは昨日入手した情報を伝える。

「キング氏の話では、彼がここを買い取ってからまだ日が浅く、いちおう部分的に宿泊客を受け入れる準備は整ったそうだけど、全体としての完成には至っていなくて、今のところは、知り合いを通じて『ウッドポール・ハウス』に宿泊したいと申し出る人についてのみ、受け入れている状態なんだそうだ。――つまり、やがては商業化するにしても、現状は、まだキング氏の別荘でしかない」

「ふうん」

「僕が思うに、やり手の彼のことだから、ここを舞台に映画を撮影するまでは一般に開放することはせずにおいて、映画の封切りに合わせ、大々的に『幽霊屋敷《ホーンテッドハウス》ホテル』としてオープンする気なのではないかと」

「なるほどねえ」

それは、いかにもハリウッド的な商法で、ユウリはいたく納得した。

その横で、シリトーが「……『ウッドポール・ハウス』？」と怪訝そうに繰り返していたが、その時、それまで黙って運転していたオスカーが、前方に注意をうながすように告げたので、みんなの意識がそっちに向いた。

「あそこに、人がいます」

そこは建物の正面玄関と思われる場所で、庇《ひさし》の下に立ち、一人の男が彼らの到着を待っていた。

助手席のオニールが真っ先に降り立つと、近づいてきた男が確認する。

「オニール様ですね？」

「はい」

その間に、他の三人も車を降り、オニールのまわりに集まってくる。

現れた男は、このいびつな屋敷にふさわしい、全体的にアンバランスな姿をしていた。

まず、背が低いのに頭がとても大きく、手足の短い身体《からだ》にお仕着せをまとう姿が、どこか道化師めいている。

それに加え、ギョロリとした木版画のような目。

小学生が作る彫刻に、こんな姿の人間がいそうだ。

ただ、多少の訛《なま》りはあるが、話す言葉は滑らかで淀《よど》みがない。

「オーナーから承っております。本日は、四名様のご宿泊ということで、ようこそ、『ウッドポール・ハウス』にお出《い》でくださいました。私は、この屋敷を管理しているサム・テホネノイヘントです」

変わった名前を言われ、シリトーが「へ？」と声をあげた。

「今、なんておっしゃいました？」

「私の名前ですか？」

「はい」

「サム・テホネノイヘントです」

だが、やはり覚えられなかったらしいシリトーが混乱して言う。

「わ、ダメだ。すみません、もう一度」

「おい、シリトー」

オスカーが横から腕を引くが、シリトーは堂々と「だって」と主張した。

「覚えられましたか？」

「――いや」

すると、相手が小さく笑い、「私のことは」と付け足した。

『サム』とお呼びください。――たいていのお客様は、私の名前を覚えられませんので」

「やっぱり。――ですって」

後半はオスカーに向かって言ったシリトーが、「よかったですね～」と押しつけがまし
く続けているうちにも、サムが先導しながら彼らを屋敷内に案内する。

「ああ、それと、お車は、鍵《かぎ》をお渡しくだされば、あとで私が駐車場に移動させておきま
しょう。ちなみに、お荷物はそれだけですか？」

言いながら、サムがユウリたちがそれぞれ持っているリュックやボストンバッグを示し
て訊いたので、彼らは異口同音にうなずいた。

「ええ」

「はい」

「これだけです」

「僕にとっては、これがすべてですし」

最後にシリトーが付け足した。

男たちの一泊旅行であれば、荷物などないに等しい。

ただ、シリトーだけは、大きめのキャリーバッグを引いていて、彼の場合、逆にこれしかなかったため、一泊分の荷物を作らず、あるもの全部持ってきたのだ。

シモンが気を回して「なにか貸そうか？」と言ってくれたが、鞄を持って観光するわけでもなく、車で移動して車で帰るのであれば、移しかえるのも面倒だという理由で、断っていた。

その点、大ざっぱなシリトーらしい選択といえる。

「では、まず、お部屋へとご案内いたしますが、その前に簡単に注意事項をお伝え申し上げておきますと、オーナーからすでにお聞き及びとは存じますが、この建物は、まだ完全に修復がすんでおりません。そのため、残念ながら、立ち入り禁止となっている場所が多数存在しております」

「立ち入り禁止？」

オニールが訝《いぶか》しげに繰り返し、サムが「はい」と慇懃《いんぎん》にうなずく。

「つきましては、そういう場所には決して好奇心で立ち入ったりなさいませんよう、お願い申しあげます。――万が一、勝手に入って事故に遭われても、こちらはいっさい責任を負いかねますので、ご了承ください。いちおう、その旨を記した誓約書に、のちほどサインしていただきます。それがない限り、危険ですので、事故を未然に防ぐためにも、当方へのご宿泊はご遠慮いただいております」

とたん、オニールが難色を示して抗議する。

「そんなこと、キング氏は一言も口にしていなかったが、本当に大丈夫なのか?」

「もちろん、危険な場所に勝手に立ち入りさえしなければ、なんの問題もなく、むしろ快適に過ごせますよう、全力でおもてなしさせていただきます。それに、立ち入り禁止の場所については、ああ、ほら、あのように、わかりやすく札がかかっておりますから」

二階に続く階段をのぼりきったところでサムが指で示した階下には、たしかに、とても目立つ文字で「立ち入り禁止」と書かれた札がさがるロープが渡されていた。

「あの手の札を見かけたら、その先に立ち入らないでくだされば、まったく問題はございませんし、誓約書も、そのことのみが書かれた簡易なものですので、ご安心ください」

「ふうん」

「それでも、もし、どうしてもご不満があるようでしたら、ここから近いところに快適に過ごせるホテルがありますので、そちらに移っていただいても構いません。手配は、こちらでさせていただきます」

「――わかった」

ようやく納得した様子のオニールに、「その代わりと言ってはなんですが」とサムが付け足した。

「日に一度、ふだんは立ち入り禁止となっている場所のいくつかを、『館内ツアー』という形でご案内しておりますので、興味がおありでしたら、ぜひ、明日、そのツアーにご参加ください。安全が確認されている場所を歩く分には問題はありませんし、へたに修復がされていない分、『ウッドポール・ハウス』ならではの……と言えそうな、なかなか鑑賞に値する部屋などもございます」

「それは、ぜひ見てみたいな」

オニールが言い、オスカーも興味を示す。

「たしかに、行ってみたいですね」

それに対し、シリトーが「それも、もちろんいいんですけど」とあたりをキョロキョロしながら訊く。

「『幽霊屋敷』と言うくらいなんだから、『幽霊遭遇ツアー』とかは、やっていないんですか？」

言ってから、「でなきゃ」と付け足した。

「幽霊の目撃情報を集めた館内地図とかあればいいんですけど」

するとチラッと木版画のような目でシリトーを見たサムが、「幽霊は」と重々しい口調で応じた。

「こちらから見に行かずとも、おのずと現れるものですから、それをお待ちください」

「おのずとねえ」

応じたオニールが、俳優というよりは演出家らしい発想で言った。

「でも、シリトーの言うような幽霊の目撃情報を記した館内地図はあると便利でおもしろそうだし、キング氏なら、ゆくゆくは、世界中の誰もが知っている夢の国に負けない『幽霊屋敷《ホーンテッドハウス》ツアー』を企画するんだろうな」

サムがうなずいて答えた。

「そうかもしれませんが、それは、私の与《あず》り知らぬことでございますし、正直、いつになることやらというところでしょうか……」

ユウリが、そんなサムの横顔を興味深そうに眺めた。

どことなく、彼が、そういう商業的な展開を望んでいないように思えたからだが、あるいは、本当に「彼の与り知らぬ」ことなのか。

そんなことを考えるうちにも、ユウリたちが宿泊する部屋の前に辿り着いたため、彼らは、ひとまず、それぞれにあてがわれた部屋へと入っていった。

2

同じ頃。

ニューヨークの北東に位置するマサチューセッツ州ボストンでは、退屈を嫌うアシュレイが、郊外に建つ一軒家を訪れるところだった。

ニューヨークからなら、飛行機で一時間程度。

手軽に往復できる場所である。

本日は黒いジーンズにロゴ入りの白いTシャツをまとっていて、その上に黒縁眼鏡をかけた姿は、あたりにうろうろしている学生となんら変わらない。

近郊には、アメリカ最古の高等教育機関であるハーバード大学や州の名を冠したマサチューセッツ工科大学などがあり、留学先として人気の高いエリアであるため、街には学生の姿があふれ、ラフな服装のほうが目立たずに済むのだ。

呼び鈴に応《こた》えて出て来たのは、気の良さそうな老婦人である。

アシュレイが言う。

「初めまして、ブルック夫人。昨日、お電話でお話した――」

「コリン・アシュレイさんね。どうぞ、お入りになって」

快くアシュレイを迎え入れながら、ブルック夫人が詮索する。

「なんでも、あの家について、色々と調査なさっているそうで」

「ええ、まあ」

曖昧《あいまい》に応じたアシュレイにソファーを勧め、自分はお茶の準備をしながら、ブルック夫人が言う。

「それにしても、今になって、あの家のことでお客様が来るとは思わなかったわ。――夫の一族が手放して、もう随分になるものですから。それに、私自身、実際の家を見たことはないので、正直、お役に立てるかどうか」

それに対し、出されたお茶に手をつけたアシュレイが、「それでも」と告げる。

「ブルック氏の先祖が、あの家を建てたことは間違いなく、きっと、なにかこちらの探しているものが見つかると信じていています」

「まあ、多少は期待できるかもしれないわね。なんといっても、亡くなった夫は、彼が幼い頃にお父様がお売りになった家について、後年、手を尽くして調べていて、それらが手つかずの状態で彼の書斎に残されていますから。しかも、集めたものの中には、この家の屋根裏で埃まみれになっていた先祖自身の備忘録なども含まれているようなので」

「だとしたら、まさに宝箱を開けるに等しい作業になりそうですよ」

そう言って知的に微笑んだアシュレイは、早々書斎での宝探しを開始した。

3

夕食の時間になり、食堂に集まったのは、ユウリたち一行に加え、以前からの泊まり客である脚本家のチャック・アンダーソンと自称「俳優」のフレデリック・ターキーの二人だった。

アンダーソンとターキーを紹介し終わったサムが、今度はユウリたちのことを彼らに紹介する。

「こちら、本日からお泊まりの、アーサー・オニール様と、そのご友人たちであられるユウリ・フォーダム様、エドモンド・オスカー様にアーチボルト・シリトー様です」

サムの記憶力はすこぶるよいようで、全員のフルネームに加え、その序列まできちんと頭に入っていた。

「オニール様のことは、ご紹介するまでもないと思いますが」

「ああ、もちろん」

答えたアンダーソンが、親しげに挨拶《あいさつ》してくる。

「やあ、やっと会えた」

「どうも、アンダーソンさん。お会いできて光栄です」

「ま、そう堅苦しくならず、私のことはチャックと呼んでくれ、アーサー。アーサーでいいかい？」

「――ええ」

　さすがに嫌とは言えず、オニールがうなずく。

　アンダーソンが続けた。

「ロンドンでの君の活躍は、いろいろな人から聞いて知っているよ。今や、飛ぶ鳥を落とす勢いだそうで」

「そんなことはありませんけど」

「いやいや。私も雑誌で君を見て一目惚《ひとめぼ》れして、そのうちぜひとも、君を主人公にした話を書きたいと思っていたら、今回、ドナルドから恰好《かっこう》の企画を聞いて飛びついたってわけだ」

「ここを舞台にしたホラーですね？」

「まあ、そうだけど、ホラーでもB級ではなく、できれば洗練されたホラーにしたい。そのためにも、君のような品格のある若者が必要でね」

　アンダーソンは、いかにもやり手の脚本家らしく、少し横柄なもの言いの、禿頭《とくとう》に眼鏡をかけた男で、隣に座るターキーは、金髪碧眼《へきがん》だが、どちらかといえば貧相な顔立ちをしたヤンキーっぽい雰囲気の青年だ。

そうやってアンダーソンが嬉《うれ》しそうに話している間、ターキーが冷めた目でジッとオニールを見つめていた。その瞳の奥に宿るのは明らかに嫉妬《しっと》の炎であり、それは、歪《ゆが》んだ形の悪意へと簡単に変容してしまえるくらい強烈なものだった。

ユウリは、そんなターキーを気にしつつ、それもしかたないかと思う。

実力以上に運が左右する世界で、オニールは、イザベル・オニールの威光とともに、イギリスからアメリカに乗り込んできた期待の新人だ。だが、アメリカの若手俳優にしてみれば、それでなくとも厳しい業界に、これ以上、よけいな人間が増えてほしくないというのが本音だろう。

もっとも、目の前の彼とオニールを比べたら、どちらに生まれ持ったスター性があるかは一目瞭然だ。

努力ではどうやっても埋められない生来の資質。

それが大きく成功を左右することを思うと、正直、本当に厳しい世界なのだろう。

食事が始まったところで、アンダーソンがユウリたちに尋ねる。

「それで、君たちは、明日、この屋敷の『館内ツアー』に行くんだろう?」

「ええ。いちおう、その予定です」

アンダーソンとの会話は、基本、オニールが引き受け、他は適当に会話しながら、次々と出される食事に集中していた。なんだかんだ、食べ盛りの彼らは、道に迷うなどのハプニングでまともにお昼を食べられなかった分、それを取り戻す勢いで旺盛《おうせい》な食欲を見せている。

「それなら、存分に楽しむといい。名高き『ウッドポール・ハウス』の謎《なぞ》の一端に触れられるいい機会だ」

それに対し、「名高き？」と繰り返したオスカーが、気になったように尋ねる。

「ここって、そんなに有名なんですか？」

すると、誰よりも早く反応したシリトーが、「ていうか」と口をはさんだ。

「僕こそ、さっき知りましたが、ここ、もしかして、あの『ウッドポール・ハウス』なんですか？」

ユウリが不思議そうに訊き返す。

「『あの』？」

「そう『あの』『あの』ですよ。悪魔だか悪霊だかは忘れましたが、そんなものが棲《す》んでいるというので有名な『ウッドポール・ハウス』です」

「――え、まさか、君たち」

アンダーソンが、驚いたように訊き返す。

「ここがどこか、知らずに来たのか？」

そこで、顔を見合わせた彼らが、「はい」とうなずき、まずオスカーが答えた。

「俺たちは、単に『幽霊屋敷』とだけ聞いて来たんですけど」

「ああ、僕の場合は」とオニールが、補足する。

「『ウッドポール・ハウス』の名前は聞いていましたが、そんなに有名だとは知りませんでした」

「僕も、名前だけは人から聞いて知っていましたけど……」

ユウリが付け足すと、シリトーが、「いやいや」と応じた。

「ニューヨーク州ブラックヒルの『ウッドポール・ハウス』と言ったら、ホラー好きなら知らないといけない場所ですよ。少なくとも、ホラー系の地名を集めたような本なら、絶対に載っていますから」

「そうなんだ」

「そうなのか？」

知らなかったユウリとオスカーが異口同音に言って、互いに顔を見合わせる。絡み合う視線にはもちろん、ユウリの霊能力に対する暗黙の了解が潜んでいた。

「だけど、それなら、具体的にはどんなことで有名なんだ？」

オニールがシリトーに対して尋ねると、お株を奪われては大変とばかりに、正面に座っているアンダーソンが「それは」と答えた。

「いろいろあるが、いちばん有名なのは、前世紀の半ば、この屋敷を以前の持ち主から安価で買い取ったレイノルズ一家が、とてつもない心霊現象に遭遇し、一ヵ月も経《た》たないうちに逃げ出した事件だが、それが、けっこうな騒動だったらしく、初めてポルターガイスト現象が映像に収められたことで一気に全米じゅうの話題をさらった」

「え、正真正銘のポルターガイストですか？」

びっくりしたようにオスカーが確認すると、そこで肩をすくめたアンダーソンが、「それが、残念ながら」と暴露する。

「つい最近になって、年老いたレイノルズ家の主人が、あの時の映像は、作られたものであると告白したんだ」

「な～んだ」

知らなかったらしいシリトーが落胆し、ユウリとオスカーも同じタイミングで肩をすくめた。

「そういえば、昔、似たような話がありましたね」

「ああ。映画にもなった……」

「それだけじゃなく、実はけっこうありますよ、アメリカには。似たような話が。みんな好きなんですよ、ホラーが」

シリトーが腐ったように付け足すと、アンダーソンが苦笑して続ける。

「そんなに落ち込まなくても、レイノルズの言い分では、カメラのないところでは、実際にもっとすさまじい心霊現象に見舞われたそうなんだが、なぜかカメラが入ると、どうしても思いどおりの映像が撮れなくなるため、つい、虚構を演じてしまったそうで、心霊現象自体は、決して嘘《うそ》や作り話などではなく、本当にこの屋敷には悪霊が棲んでいると断言していた」

「それは、話すだけなら、いくらでも話せるし……」

あんがい、現実主義者であるシリトーがつまらなそうに言い、アンダーソンも「まあ、そうだけど」と受けて先を続ける。

「ただ、あるドキュメンタリー番組の特集では、この屋敷は、かつてネイティブ・アメリカンの墓場があった場所に建てられていて、最初に建てた人物は、神聖な土地を侵されて怒った死霊たちから逃れるために、生涯をかけて建て増しを繰り返したと報じていた。レイノルズ一家が買った時は、建て増しの部分は塞《ふさ》がれていて、家を本格的に改装するためにその塞がれていた壁を壊したことが、心霊現象の発端になったとされている」

「死霊から逃れるために、建て増し？」

呆れたように応じたオスカーに続き、オニールが確認する。

「ああ、だから、この屋敷は、こんなにも複雑な造りをしているんですね？」

「そうだ。実際、ツアーに出るとわかるが、この家には無駄なものが実に多い」

「……無駄なもの？」

「たとえば、のぼった先が壁になっている階段とか、部屋もなにもない廊下とか、ドアのない部屋とか、水道の引いていない風呂場《ふろば》、煙突のない暖炉に、段のない梯子《はしご》、しまいには途中が抜けている渡り廊下なんてものまで出てくる始末」

「……それは、かなり危険ですね」

「だからこそ、まだ立ち入り禁止の場所があるんだ。知らずに渡って落ちたら、まず助からない」

そこで、オスカーが口をはさんだ。

「でも、本当に、そんなものに悪霊が引っかかりますかね？」

「さあ。そんなこと、私に訊かれてもね、悪霊じゃないんで」

大仰に肩をすくめたアンダーソンが答えると、漆黒の瞳を翳らせたユウリが、「きっと」と呟いた。

「引っかかる」

小声であったにもかかわらず聞き取ったオスカーが、隣を見おろして訊き返した。

「なぜ、わかるんです、フォーダム？」

とたん、ハッとして顔をあげたユウリが、「あ、いや」と言葉を濁す。

「……ごめん、そうかもしれないと思っただけ」

だが、実際のところ、ユウリは、それと似たような仕掛けのある家を知っていた。

彼の母方の実家は、京都に千年続く陰陽道《おんみょうどう》の宗家であるが、広大な屋敷の至るところに意味不明の廊下や部屋があり、以前、ユウリがなんのためにそんなものがあるのかと尋ねたところ、その家の後継ぎである五つ年上の従兄弟《いとこ》が、短く答えたのを覚えていた。

「そんなの、悪霊を追い込むためや――」

そして、そんな幸徳井《かでい》家の屋敷には、絶対に踏み込んではいけない禁忌の部屋というものが存在した。

あの部屋になにがあるか。

ユウリは、考えただけでゾッとする。

もっとも、計算し尽くされた仕掛けを有する幸徳井家に比べ、この屋敷は、かなりぞんざいで混沌《こんとん》としているようだが、それでも、やっていることにそう違いはない。

(問題は――)

ユウリは、思う。

この屋敷がなにから逃れ、なにを追い払おうとしているかであったが、それは、今の時点では皆目わからない。

(死霊かあ)

すると、それまで黙っていたターキーが「それだけじゃない」と言い出した。

「それだけって、どれだけ?」

シリトーの無邪気な問いかけに対し、ターキーがワイングラスを回しながらどこか得意げに「他にも」と言う。知らないうちに一人でかなり飲んでいたようで、目元の赤くなった眼《め》はすわっている。

「この屋敷については、いろいろな都市伝説があって、その中の一つに、屋敷内のどこかに悪魔を呼び出す『大いなる魔術』が隠されていて、その力を手に入れた者は、なんでも願いが叶《かな》うと言われているんだよ」

「大いなる魔術？」

そこで、ユウリやオスカーと目を見交わしたシリトーが、「ええっと、それは」と確認する。

「悪魔を呼び出して、願いを叶えてもらうということですか？」

「そうだ。しかも、それがあれば、魂を引き換えにすることなく悪魔に命令をくだせる」

「――なるほど」

まったく信じていない様子でうなずいたシリトーが、「だとしても」と言う。

「悪魔も、おとなしくしてばかりもいないでしょうね。――なんといっても、悪魔なんだから」

「まあな」

認めたターキーが、「実際」と続ける。

「以前にも何人か、その都市伝説を信じてこの屋敷に忍び込んだ人間が、行方不明になったり不可解な死を遂げたりしているそうだ。たしか、半年前にも、無断で入り込んだ大学生が不可解な死を遂げたらしい」

「不可解な死……」

いったいどんな死に方なのか。

そう思った彼らが訊き返す前に、ターキーが教える。

「開くはずのない扉から落ちて死んだんだ」

「開くはずのない扉？」

当然、そこに引っかかりを覚えたシリトーが、「でも、そもそも」と訊き返す。

「なぜ、そんなものがあるんです？」

「知らないけど、言ってみれば、それも、この屋敷にある『無駄なもの』の一つなんだろう」

応じたターキーが、そそのかすように続けた。

「どうだ、興味あるだろう？」

尋ねられるが、誰も身を乗り出すことはない。

その冷ややかな反応に、ターキーが少し苛立《いらだ》ったように言い募る。

「言っておくが、見つけてしまえば、こっちのもんだからな。魂を渡さずに、富も栄誉も思いのままだ。——ということで、よければお前たちも、その『大いなる魔術』とやらを探してみたら、どうだ？」

だが、やはり誰一人として食指を動かされた様子のないユウリたちは、戸惑い気味に顔を見合わせ、最終的にオニールがきっぱり断った。

「申し訳ないが、僕たちは全員、実力で勝負するタイプなんで」

シリトーが追随する。

「そうそう。幽霊なら会ってみたいですけど、悪魔は遠慮しておきます。というのも、悪魔というのは、すぐご機嫌斜めになって、なかなか面倒くさい気がしますから」

とたん、憎々しげにオニールを睨《にら》んだターキーが、「そのわりに」と皮肉げに告げる。

話すことが道化めいているシリトーのことは、端《はな》から相手にする気はないらしい。

「お偉いさんの懐に飛び込むのがうまいようだが、いいか、先に宣言してやるが、俺が『大いなる魔術』を見つけた暁には、この先、お前が享受するすべての栄光を俺のものにしてやるから、覚悟しろ」

「おおおお！」

言われたオニールではなく、シリトーが悲鳴をあげて気味悪げに訊く。

「もしかして、それって呪詛《じゅそ》ですか？」

「ああ」

「えげつないですねえ」

シリトーの感想に続き、さすがに眉《まゆ》をひそめたアンダーソンが「たしかに」と認め、若い知り合いを諌《いさ》めた。

「飲み過ぎじゃないか、フレディ、そのへんにしとけ」

「なんでです。別にいいでしょう、チャック。こいつは、よっぽど自分に自信があるんだ。悪魔くらい、自分ではねのけてもらいましょうよ」

それに対し、それなりに勝ち気なオニールが言い返した。

「自信というよりひたむきな努力なんだが、ま、いいさ。言われたとおり、悪魔だろうが悪霊だろうが、はねのけてみせるよ」

「ふん。そうこなくっちゃ。見てろよ、絶対に地獄に引きずり落としてやるからな」

とたん、ピシッと。

天井がおかしな音をたて、全員がビクッとして音のしたほうを見る。

「……家鳴りか」

少ししてオニールが忌まわしげに言い、「また、すごいタイミングで」とオスカーが苦笑とともに応じる。

「──でなきゃ、悪魔がお前の挑戦を受け取った合図かも」

またしても、ターキーが不穏なことを言い、その場の空気がいっそう悪くなる。

それでなくても、呪《のろ》いというのは、宣言したことで効力を発揮するようなところがあるため、誰もがなんともいえず厭《いと》わしい気分になる中、ふいにユウリが言った。

「仮にそうだとしても、アーサーにかかる呪いはすべて、僕が引き受けますよ」

さして大きい声でもなかったのに、言葉は室内を貫き、全員がまるで雷にでも打たれたかのようにハッとした。同時に、空間も、言葉の波動とともに震え、その場に漂う忌まわしさが一気に浄化されたようだった。

そこで、オニールがホッと小さく息を吐き、オスカーは、またぞろ災難を抱え込もうとするユウリを咎《とが》めるように見やり、呪いの発動者であるターキーに至っては、たじろいだ様子でユウリを見つめながら震える声で言った。

「……お前、なに言ってんの？」

そんなターキーを煙るような漆黒の瞳で見返し、ユウリが毅然《きぜん》と繰り返す。

「聞こえなかったのならもう一度言いますが、アーサーにかかる呪いは、僕が引き受けると言ったんです。そのつもりでいてください」

「そんなの、お前になにができる――」

「さあ。なんでしょうね」

小さく首を傾《かし》げて応じたユウリが、「もっとも」と続ける。

「できる、できないは、この際関係ありません。僕は、ただ、『引き受ける』と言っただけですから。貴方《あなた》がアーサーを『呪う』と宣言したのと同じで、実現するかしないかは当人の手の内にはなく、そこが実力主義の彼らとの大きな違いなんだと思います」

するとと、一拍置いて「ふはははは」と笑い出したアンダーソンが、パンパンと拍手して言った。

「いいねえ、君、実にいいよ。――えっと、フォーダム君だっけ?」

確認するように告げてから、「正直」と続ける。

「オニールはもちろん素材として素晴らしいんだが、欲を言えば、正統派過ぎて、昨今の風潮にはちょっと合わない気がしていたんだ。――むしろ、主人公にするなら、フレディかフォーダム、君のような人間かもしれない」

とたん、破顔したターキーが、「俺が」と食いついた。

「主人公ですか?」

「そうだよ。君のような自滅型のどうしようもない主人公というのも、最近はけっこう流行《はや》っているからね」

「……どうしようもない主人公」

その役回りはターキーの意に染まなかったようで、輝いた顔が一瞬にして暗いものに変わる。

だが、ターキーのことなど眼中にない様子のアンダーソンは、「それに対し」とユウリのほうを見て誉《ほ》め称《たた》えた。

「君は、影のヒーローだ。ふだんは冴《さ》えない青年だが、危機に際してその実力をやんわりと発揮する。あくまでも、やんわりとだ。そうじゃないと、結局のところ、スーパーマンのような典型的なヒーローになってしまうからな」

　だが、そんなふうに言われたところで、ユウリは役者ではないし、この先も役者をやる予定はない。とはいえ、張り詰めたあの場の空気を変えてくれたことにはとても感謝していたため、ユウリは小さく微笑《ほほえ》んで礼を言う。

「ありがとうございます、アンダーソンさん。役者でなくても、貴方にそうやって誉められると、悪い気はしません」

「いやいや、フォーダム君。言っておくけど、役者でなくても、クリエーターの想像力を刺激する人間はいるものなんだよ。――君なんか、その典型じゃないか」

「……はあ」

　そこまで誉められると買いかぶりとしか言いようがないが、実のところ、同じようなことを、世界的な天才ヴァイオリニストからも言われたことのあるユウリは、自分がどうのというより、そういう目を持つアンダーソンもまた、世界に通用する脚本家であるのだろうと、単純に思う。

　と、その時。

姿を消していたサムが室内に入ってきて、「そろそろ」と告げた。

「デザートをお持ちしようかと思いますが、よろしいでしょうか？」

「ああ、頼む」

応じたアンダーソンが、ふと思いついたように尋ねた。

「ああ、そういえば、サム」

「なんでございましょう、アンダーソン様？」

「いや、すっかり忘れていたんだが、この屋敷にはもう一人滞在客がいたはずだが、彼はどうした。このところ姿を見ていないが……」

「ああ、あの方ですね」

心得たように応じたサムが、「あの方は」と伝える。

「私も、さっぱりお見かけしておりませんが、到着したその日に、前金で一週間分の諸費用をお支払いになり、その際、万が一自分の姿が見えなくなっても気にしなくていいとおっしゃっておられたので、そのようにしております」

それには、全員が興味深そうな視線を向けて話に聞き入る。どうやら、その人物のことは、ターキーも知らないらしい。

アンダーソンが、「それはまた」と驚いたように言う。

「実に妙な条件だが、たしか、彼は、大学で『都市伝説』について研究している文化人類学科の学生とか言っていたな」

「はい。こちらには、オーナーの古くからのご友人のご紹介でいらっしゃいました」

「へえ。……まあ、ドナルドは顔が広いからな。いつ頃のどの友人かは知らんが、もしかして彼、それこそ『大いなる魔術』の痕跡《こんせき》を追って、勝手に立ち入り禁止区域に入り、どこかで野たれ死んでいたりするんじゃないか？」

アンダーソンが不気味な予測をするが、サムは動揺せずにのたまった。

「だとしても、当方では責任を負いかねます。皆様の時と同じで、あの方からも、その旨を記した誓約書をいただいておりますので」

「なるほど。——つまり、今はまだ、警察に通報する気はないんだな？」

「はい」

薄情にもうなずいたサムが、「本当に助けの必要な時は」と続けた。

「ご自身の知り合いが、通報なりなんなりなさるということでした」

「ふうん」

いちおう納得したらしいアンダーソンが、ユウリたちのほうを見てからかう。

「だそうだが、君たち、せいぜい覚悟しておくといい」

「え、それって、もしや……」

シリトーの恐る恐るといった確認に対し、アンダーソンがニヤニヤしながら応じる。

「そのとおり。明日のツアー中に、もしかしたら、そいつの腐乱死体とご対面——なんてことだってあるかもしれない」

そんな笑えない冗談に対し、ユウリたちは引きつった笑顔で応じるしかなかった。

4

一方。

夜になって宿泊先のホテルの部屋に戻ったシモンは、クロスタイを外したところで、ようやく一息つくことができた。

窓の外には、宝石をちりばめたかのようなマンハッタンの夜景が広がっている。

映画の舞台になったこともある著名なホテルでの晩餐会《ばんさんかい》にはホワイトハウスの関係者も大勢来ていて、実に豪壮で気の張る政治の場となっていたが、そんな中、ベルジュ・グループの後継者であるシモンへの注目度はいろいろな意味で高く、特に美しく着飾った女性陣の視線は、既婚未婚問わず、シモン一人に集まっていたと言っても過言ではない。

たしかに、大天使が舞い降りたかのような寸分の狂いもなく整った容姿は、世界的大スターが集うハリウッドですらめったに見られないほど完璧《かんぺき》で、すでに見慣れているはずのユウリでさえ、時々ハッとさせられることを思えば、初めて彼を見る人々が唖然《あぜん》とするのも無理はなかった。

しかも、年を重ねるごとに男の色気が加わり、その美貌《びぼう》に拍車がかかっている。

ミニバーから取り出したミネラルウォーターをコップに注いだシモンは、先ほど、部屋に届けられたプレゼントを開けてみる。

それは、別の部屋にいるユマとエリザベスからで、中には森林系の香りが楽しめる入浴剤とビター味のチョコレート、それに「お疲れ様&フルーツご馳走様《ちそうさま》」と書かれたメッセージカードが入っていた。

どうやら、夕食を一緒にできないお詫《わ》びに、彼女たちの部屋にフルーツの盛り合わせを届けさせたことへのお礼らしい。

男性陣と違い、彼女たちは、ニューヨークのホテルライフを満喫してくれている。

小さく笑ったシモンが、入浴剤を取り上げてバスルームに向かおうとすると、そのタイミングでスマートフォンが鳴り、歩きながら電話に出る。

「はい《アロウ》」

『あ、シモン?』

それは、珍しくユウリからの電話で、足を止めたシモンが意外そうに訊き返す。

「やあ、ユウリ。どうしたんだい?」

『どうもしないけど、もしかして戻っているんじゃないかと思って、電話してみた』

「へえ。それは嬉しいな」

言いながらカウンターの前の椅子《いす》に浅く腰かけ、そのまま電話を続ける。

「で、そっちはどうだい?」

『そうだね。なかなか、エキセントリックだよ』

「……エキセントリックねえ」

シモンのスマートフォンには、日中のうちからさまざまなメールが届き、そのどれもが非常に興味深いものだった。

おもしろいのは、同じ体験をしているはずなのに、メールをくれる人間によって感じ方やフォーカスする場面がまったく違う。そのため、それらを総合的に見ることで、いろいろな側面からシモンなりに事実を再構築することができた。

それによれば、今日はなかなかハードな一日だったようで、思わぬところで命に関《かか》わるヒヤリ体験もしたらしい。

中でも、途中、道に迷った時の話は、主にシリトーからの報告で「間一髪のところで天国の門をくぐらずにすみました〜」とかなり興奮した様子で書かれていたが、オニールとオスカーは淡々としたもので、ただ「なかなかスリリングでしたよ」という報告と「地図があって助かった」と礼を述べているくらいである。

それに比べ、目的地の幽霊屋敷については、オスカーはかなり興味深く建築面でのことを詳細に書いていて、「明日の館内ツアーが楽しみです」とあり、オニールは、建物よりもっぱら脚本家の話題で埋められ、シリトーはといえば、かなり主観的に「恐竜がいそうな森に囲まれた、全米でも一、二を争う有名なヤバイ家でした〜。ひ〜、こわい〜」という表現を使っていた。

それらすべてが、ユウリを通すと一言、「エキセントリック」になるわけだ。

しかたなく、シモンのほうから話題を振る。

「道に迷って、大変だったんだって？」

『ああ、そうそう。シモンが渡してくれた地図があって、すごく助かったんだ。今さらだけど、ありがとう、シモン』

「どういたしまして」

やはり、ユウリの口から「命拾い」とか「危機一髪」などという台詞《せりふ》は出てこない。シリトーが大げさなのか、ユウリが気を回しているのか。

考えつつ、シモンが続けた。

「役に立ってよかったよ。――それで、かんじんの幽霊とは対面できたかい？」

『幽霊は、まだかな』

ユウリがおもしろそうに言い、『この家は』と感想を口にする。

『本当に、謎だらけかも』

「そうなんだ。――たとえば？」

『たとえば、か。そうだね、ゆっくり話したいけど、実はそっちのホテルの部屋に携帯電話の充電器を忘れてきたから、明日まで残りの電池を温存させるためにあまり長くは話せないんだ。だから、戻ったらゆっくり話すよ。今は、せめて「おやすみ」だけでも言えたらと思って電話したんだ』

「――なるほど」

それはなんともユウリらしいと思い、シモンは小さく溜《た》め息《いき》をついてから言う。

「まあ、その様子だと、とりあえず、危険はなさそうなんだね？」

『うん。勝手に歩き回りさえしなければ、大丈夫そう』

「よかった」

ひとまず安心したシモンが、「それなら」と言う。

「君の言うとおり、明日戻ったら、話を聞くのを楽しみにしている」

『うん。――おやすみ、シモン』

「おやすみ、ユウリ。いい夢を」

『シモンも』

そこで電話を切り、シモンは、今度こそゆっくりとお風呂に入るために、バスルームへと向かった。

5

夜半。

ユウリは、不思議な夢を見た。

彼は、森の中にいる。

そして、木々の間を、頭部の赤い鳥が飛んでいた。

枝から枝へ飛び移り、しばらく止まっては、また先へと飛んでいく。

まるで、見ている人間を森の奥へ、奥へと誘うように、赤い部分が視線の先でちらちら動く様は、なにかに似ていた。

なにに似ているのか。

そして、時おり、コツコツと木を叩くような音がするのは、なぜなのか。

顔をあげ、しばらくその鳥を追いかけていたユウリは、ある時、気づく。

(そうか。あれは、キツツキだ――)

彼が追いかけているのは、赤い頭のキツツキなのだ。

だから、一つの枝に止まっては、そこでコツコツと木を突き、別の枝に飛び移っては、そこでまたコツコツとやっている。

そのことに、なんの意味があるのか。

いったい、このキツツキは、なんであるのか。

考えながら、飛び回るキツツキを追いかけ、ユウリがどんどん進んでいくと、ふいに頭上がまばゆい光で満たされた。

(……なに?)

思わず手を翳《かざ》して光を遮りつつ、ユウリは薄目を開いて空を見あげる。

そこに、白光を放つなにかがあった。

輝きと、かなりの熱量を持つなにかだ。

だが、太陽ほどの重量感や焼けつくような熱さはなく、ともすれば氷を含むような冷たさと背中合わせの熱さである気がした。

(まぶしい……)

ユウリが思っていると――。

ひらり、と。

光の中から、なにかがゆっくり舞い落ちてくる。

ひらり。

ひらり、と。

その後も左右に揺れながら時間をかけて落ちてきたそれを、ユウリが手のひらですくい取る。

見れば、それは赤い羽根だった。

（羽根……）

そこで、ユウリは目を覚ました。

夢を見たというより、奇妙な体験をした感じだ。

不思議な夢自体はよく見るが、今回の夢は、いつにも増して、実感を伴う夢であった気がする。

自分が見た夢なのか。

それとも、誰かが見ている現実に同調しただけなのか。

（もし、そうだとしたら、誰の……？）

そして、その間、ユウリ本人の意識はどこにあったのか。

考えていると、突如、見慣れぬ部屋のベッドの上で、ユウリはどうしようもなく不安になってきた。

自分が自分でなくなるような――。

あるいは、自分が別のなにかになったかのような、そんな心許《こころもと》なさだ。

確固たるおのれが、実感できない。

自分は、本当に生きているのか。

それとも、生きていると思っているのは、実は幻想だったのか。

心臓が、ドキドキと鳴っている。

それは、生きている証拠だ。

そこで、ベッドに横になったまま、ユウリは両手をあげて暗がりに透かして見る。

自分の両手だ。

動かせば、動く。

つまり、間違いなく自分はここにいる。

そのことに少しホッとしたユウリは、寝返りを打って夜の闇《やみ》を見つめた。

今、この瞬間に無性にシモンに会いたいと思う。

シモンのそばにいて、シモンの体温を近くに感じ、その腕に抱きしめてもらえたら、たぶん、この不安はあっという間に消え失《う》せる。

シモンこそが、ユウリを現実に繋《つな》ぎとめてくれる強力な軛《くびき》だからだ。

だが、そんなふうに甘えてはいけないのもわかっている。

この先、一人の人間として対等にシモンと接していたければ、この不安は自分で解消するしかない。

これは、ユウリが背負った宿命で、そこにシモンを巻き込んでは絶対に駄目だ。

すうっと。

ゆっくりと息を吸い、それをゆっくりと吐き出したユウリは、静かに目を閉じて、ふたたび眠りの園へと降りていった。

6

ユウリが夢の世界を漂っていた頃。

同じ屋敷の別の場所では、ある混乱が起きていた。

(おかしい……)

ターキーは、暗がりで焦っていた。

たしかに来た道を戻っているはずなのに、さっき曲がったはずの廊下が見当たらない。

いったい、どこに消えてしまったのか。

いや、廊下が消えるわけがないので、どこで道を間違えたのか。

だが、基本、一本道であれば、間違えるわけがない。

それなのに、曲がったはずの廊下がない。

(……どうなっているんだ?)

今日の午後、この屋敷の案内人であるサムに連れられ、彼はユウリたちより一足先に館内ツアーを体験した。その際、道順をこっそりスマートフォンで記録しておき、それを再生しながらここまで歩いてきた。

途中、いくつかある部屋のドアを開け、ここぞと思った部屋を漁《あさ》り、「大いなる魔術」

に至るヒントを探したが、なかなか見つからない。

そこで、喉《のど》が渇いてきたこともあり、いったん自分の部屋に戻って出直してこようとしたのだが、戻れない。しかも、歩いているうちに見慣れない廊下へと出てきてしまい、彼はさらに焦った。

どうやら、本格的に迷子になったようだ。

（こんなはずじゃなかったのに……）

彼はどんどん不安になり、暗がりの中を闇雲に歩く。

だが、歩いているとふいに行き止まりになり、彼はしかたなく戻って別の廊下を進む。

ギシギシと音のする階段。

真っ暗で見えない天井。

そんなものに囲まれていると、嫌でもこの屋敷が「幽霊屋敷」として名を馳《は》せている事実を思い出してしまう。

レイノルズ一家を襲った悲劇とは、なんだったのか。

映像には残されていない、この屋敷の真実の姿とは——。

想像するだけでゾッとしてきたターキーの耳に、その時、コツコツと壁を叩くような奇妙な音が聞こえてきた。

ハッとして振り返り、闇に目を凝らす。

なにも見えない空間に、なにかがいる気配がした。

「――誰だ?」

思わず、ターキーは大声で誰何《すいか》していた。人間、怖くなると、とにかく声を出したくなるものだ。

だが、答える声はなく、ターキーは恐る恐るふたたび歩き出す。

とはいえ、一度覚えた恐怖心は消えることなく、今や、彼にとって、ここは恐怖の館以外のなにものでもなくなっていた。

と――。

おっかなびっくり進む彼の耳に、ふたたびあの音がした。

コツコツ。

「ひっ」

小さく悲鳴をあげた彼は、もう一度振り返り、そのまま足を速めた。

次第に駆け足になっていた彼は、ふいにガクンと前に落ちそうになり、とっさに近くにあった手すりに摑まった。

見れば、いつの間にか渡り廊下のような場所にいたのだが、廊下の途中がすっぽりと抜けている。

危うく、落ちるところであった。

目の前には、奈落《ならく》のような暗い空間が広がっていて、そこから冷たい風が吹き上げている。

話には聞いていたが、本当に危険だ。

（……これか）


もし、落ちていたら、おそらく命はなかっただろう。

想像しただけで、彼は、手すりに摑まったままガクガクと震えだす。腰が抜けて立ちあがれなかったし、何より、もう逃げる気力が残っていない。

そうして、しばらくその場に座り込んでいた彼の口から、突如、奇妙な笑いが漏れた。

「……ふふ」

その笑いは次第に大きくなり、まるでそうすることで現実から逃れられるとでも思っているかのように、げらげらと笑い出す。

「あはははははははははは、あははははははははははははは、あはははははははははは」

その笑い声は、しんと静まり返る夜の闇に不気味に木霊し、いつまでも途切れることはなかった。

第三章　迷路の果て

1

翌日。

遅い時間にテーブルについたユウリたちを、昨日と同じ風体の人物が迎える。

「おはようございます、オニール様、フォーダム様、オスカー様、シリトー様」

「やあ、おはよう、サム」

「おはようございます」

「どうも～」

口々に挨拶《あいさつ》する中で、ユウリだけは意外そうにオニールの顔を見て、それからサムに視線を移して首を傾《かし》げていたため、挨拶が遅れた。

「あ、えっと、おはようございます、……サム？」

しかも、なぜか、その呼びかけは疑問形で、気づいたオスカーがユウリを見て問う。

「どうかしましたか、フォーダム、コオロギでも飲み込んだような顔をして」

「いや、だって、ほら」

応じたユウリは同意を求めるようにオスカーを見あげるが、その顔に自分以外への違和感がないのを見て取ると、小さく首を振って付け足した。

「やっぱり、なんでもない」

「なんですか、それ。もしかして、まだ寝惚《ねほ》けてます？」

「……かもしれない」

実を言えば、ユウリには、サムとして振る舞っている人間が、昨日と同じ「サム」ではない気がしたのだが、どこが違うかと問われたら、具体的にその違いをあげることは不可能なほどそっくりであるため、そのことを話題にするのはやめにした。

ただ、心の中で思う。

（……もしかして、双子？）

単なる気のせいかもしれないし、仮に本当に双子で入れ替わっていたとしても、接客される分には特に問題はないはずだ。

そうして席についた彼らのカップに、サムがコーヒーを注ぎながら会話を続ける。

「昨夜は、よくお休みになられましたか？」

「ええ、おかげさまでよく寝られましたよ」

朗らかに応じたオニールに、オスカーが続く。

「俺も、運転の疲れが出たのか、朝までぐっすりでした」

「僕は、いつでもどこでもぐっすりです」

シリトーが元気に言ったあと、チラッとユウリのほうを見るが、ユウリはそれに同調することなく、静かにコーヒーをすする。

実際のところ、あの夢のせいで、安眠とはほど遠い夜を過ごすことになったが、それを誤魔化すために嘘《うそ》をつくのもなんだったし、そうかといって、正直に話す必要はどこにもない。

しかも、起きたら起きたで、この「サム・ショック」だ。

幽霊こそ見ていないが、ユウリにはもう謎《なぞ》だらけである。

そんなユウリを木版画のような目で見たサムが、「それは」と言う。

「よろしゅうございました。――お泊まりになられるお客様の中には、鬱蒼《うっそう》とした木々に酔ってしまうのか、奇妙な夢をご覧になったり、寝惚けて夢遊病のように屋敷内を歩かれたりする方もいらっしゃるようですので」

「……奇妙な夢?」

ユウリも、まさにそんな夢に悩まされたわけで、どうやら、ここではそれが当たり前であるらしい。

朝食はブッフェ形式で、各自、好きなものを皿に盛りつけてテーブルに戻ってくる。

若者らしい肉類の多い茶色っぽい皿になった三人に対し、ユウリは緑黄色野菜を中心としたカラフルなお皿になっていて、それを見たシリトーが「フォーダム」と訊《き》く。

「もしかして、色彩で選んでいませんか？」

「ううん。食べたいものを取ったら、こうなったんだ」

「なんと、アンビリーバブル！」

そんな会話で始まった朝食だが、パンは焼き立てで美味《おい》しく、野菜も新鮮で、肉類やスープも申し分ない。

「このクオリティーなら、リピーターも出てくるだろうな」

「今のところ、幽霊らしい幽霊も見ていませんしね」

若干不満そうに応じたシリトーに、オスカーがフォークでスクランブルエッグを突きながら言う。

「お楽しみは、これからだろう」

すると、話を聞いていたわけではないだろうが、食堂の入り口に現れたサムが、食事の感想を聞いたうえで、「このあと」と伝える。

「お約束どおり、館内ツアーに向かいますが、アンダーソン様とターキー様がこれからご朝食を召し上がることになりますので、申し訳ありませんが、出発は一時間半後でもよろしいでしょうか」

「ああ」

オニールが答え、他の三人を見て告げる。

「別に急ぐ旅でもないし、いいよな？」

「そうですね」

オスカーが、腕時計を見ながら概算する。

「戻ってすぐに出発すれば、日のあるうちにマンハッタンに着くだろうし、遅めのランチを食べてからでも、夜までには戻れるでしょう」

それから、ユウリを見て、ここにいない人物のことを訊く。

「そういえば、ベルジュは、今日は一緒に夕飯を食うんですかね？」

いちおう、シモンの予定を考慮するあたり、さすが年下らしい気配りといえよう。

ユウリが、答える。

「どうだろう。言われてみれば、なにも聞いてない」

それに対し、オニールが「別に」と口をはさんだ。

「向こうにはユマとリズがいるんだ。そこまで気を遣わなくても平気だろう。僕たちがいなくても、美女二人を引きつれて夜のマンハッタンに繰り出せばいい」

「そうなんだけどね」

　いちおう同意したユウリだが、オスカーのほうを見て頼み込む。

「悪いけど、オスカー、シモンにメールで夕食の件を問い合わせてくれない？」

「もちろん、構いませんが……」

　言いながらスマートフォンを取り出したオスカーが、画面を操作しながら不思議そうに尋ねる。

「でも、なぜフォーダムが直接メールしないんですか？」

　この二人に限って喧嘩《けんか》中ということもないだろうと言いたそうな口振りに、苦笑したユウリが「実は」と告白する。

「携帯電話の充電器を忘れてきたから、緊急時のために、今はできるだけ使わずにいたいんだ」

「――なるほど」

　シモンと同様、ユウリらしい理由に納得したオスカーが、早々に「送りました」と報告する。

「ありがとう。――でも、たぶん、今は会議中とかだろうから、すぐには返信は来ないんじゃないかな」

「ですね」

そこで、彼らは、館内ツアーの時間まで、屋敷《やしき》の周辺を散歩することにした。もっとも、庭らしい庭があるわけでもないため、見る場所はさしてなく、散歩はすぐに終わってしまう。

印象として、鬱蒼とした森は、明るく整った屋敷の中より幽霊との遭遇率が高そうな陰《いん》鬱《うつ》さがあり、事実、途中、ある場所に来た時に、シリトーが「あ」と声をあげ、屋敷の壁面を指さしながらおどろおどろしいことをのたまった。

「もしかしたら、あそこが例のアレかもしれません」

シリトーが指し示す先には、建物の壁面に扉の絵が描かれていた。ともすれば、本物の扉に見えるが、間違いなく絵だ。

足を止め、その絵を見あげたオスカーが訊く。

「アレが、なんだ？」

「いや、ですから、昨日、ターキーとかいうおっかない人が話していたアレですよ」

「おっかない」というのは、ターキーがオニールを呪《のろ》うような発言をしたことを言っているのだろう。

オニールが、「もしかして」と確認する。

「半年前、この建物に無断で侵入した学生が転落死したとかいう、『開くはずのない扉』のことを言っているのか？」

「そうです。――まさに、あれこそ、『開くはずのない扉』ではありませんか！」

そう言って、ピョンピョンと跳ねるように壁面に近づいたシリトーが、あたりの地面を両手で示して告げる。

「きっと、このあたりに死体が転がっていたんですよ」

話している内容が陰惨なわりに、声が弾んでいるのはなぜなのか。

口では「怖い」などと言いつつ、シリトーが幽霊や悪霊をまったく信じずに楽しんでいるのは明白で、小さく溜《た》め息《いき》をついたユウリが、念のため、諫《いさ》めた。

「シリトー。あまり不謹慎な言動は慎むように」

「もちろん、わかっていますよ、フォーダム。ここに拝むべき死体がないから拝んではいませんが、死者には十分な敬意を払っているつもりです。そのうえで、謎を楽しんでいるんですよ」

とてもそうは見えないが、ユウリも、それ以上堅苦しいことは言わず、その角度から屋敷を眺めてみる。

たしかに、ここに死体があったとなると、開くはずのない扉から転落したとも考えられるが、冷静に考えれば、扉の上には明かり取りの窓があって、さらにその上にはスレート屋根が載っている。

さすがに、明かり取りの窓は小さくてくぐれないにしても、なんらかの理由であの屋根にのぼり、そこから足を滑らせて落ちたということは十分に考えられた。

と――。

ユウリの目の先で、明かり取りの窓にぼんやりと人影が浮かび上がって、すぐにサッと消えたように見えた。

（え？）

目を凝らしたユウリが、思う。

（人？）

それから、口に出して言う。

「……あの壁の向こうには、どうやって行くんだろう？」

オスカーが、「それは」と答える。

「このあとの館内ツアーで、もう少し屋敷全体の造りが見えてくれば、おのずとわかる気がします」

「まあ、そうか」

そんなことを話すうちにも、館内ツアーの時間になったため、彼らはたいして成果のなかった散策を終え、集合場所に指定された正面玄関へと急いだ。

2

「ウッドポール・ハウス」の玄関を入ると、正面に受付カウンターがあり、その奥が、将来的に事務所や従業員の宿泊設備などになるであろうプライベート空間になっている。

カウンターの左手には二階へあがる階段があり、昨日、彼らはその階段をのぼって各部屋へと向かった。

右手には地下へとくだる階段が見えていて、すでに昨日のうちに取り上げられたように、その前には「立ち入り禁止」の札がさがっている。

「館内ツアー」の始まりは、その階段からだった。

「――では、まいりましょうか」

サムの一声で、弧を描くように続く階段をおりると、まず岩盤が剝《む》きだしとなった地下通路に出る。その地下通路は、事務室などがあるエリアの下をくぐり抜けるためのものであるらしく、しばらく歩くとのぼり階段があり、あがりきったところには、それまでとはまったく異なる世界が広がっていた。

（幽霊屋敷――）

居心地のよい宿泊施設とは百八十度かけ離れた、薄暗くてかび臭い場所。

その言葉がピタリとはまる、なんとも陰気な空間だ。

歩くたびにギシギシと鳴る床板。

白い布のかけられた調度類。

カーテンのかかる窓の隙間《すきま》からわずかに射《さ》し込《こ》む陽光が、漂う埃《ほこり》に反射してキラキラと輝いている。

「うっわあ。これは、絶対に出ますね、幽霊」

最初に案内された広間を覗《のぞ》いたシリトーの感想に、オスカーが「たしかに」と答える。

「出そうな雰囲気ではあるな」

それに対し、先に立って歩き出したサムが「ここはまだ」と教える。

「序の口です。——正直、きちんと手入れさえすれば、明日にでも使える部屋ですが、たとえば、あの先」

言いながら、サムが左手に見える廊下を示して続ける。

「あそこを曲がると階段がありますが、苦労してのぼっても、ただなにもない壁に突き当たるだけで、骨折り損のくたびれ儲《もう》けですよ」

「へえ」

「それと同じような階段が他にも何ヵ所かありますが、ひどいものは、ドアがあって、開けて中に入ろうとすると、二階から真っ逆さまに落ちる仕掛けになっているので、注意が必要です」

「――え、それって」

オニールが驚いて尋ねた。

「以前、この屋敷に忍び込んで転落死した学生がいたそうだが、もしや、あの壁に描かれた扉の絵は、実物の扉をカモフラージュしたもので、本当は『開くはずのない扉』ではなく、ふつうに『開く扉』だったたってことか？」

「そうかもしれませんが」

オニールのほうを振り返りながら、サムが続けた。

「オーナーがこの屋敷を買われたのは事件のあとですので、詳細は地元の警察に問い合わせていただかないことには、こちらではわかりかねます」

「……なるほどねえ」

応じたオニールが、「まあ」と真面目《まじめ》くさって言う。

「謎の死にも、調べればれっきとした理由が存在するってことなんだろうな」

「さようでございましょう。――それより問題は、そうなるに至った原因のほうではないかと」

さりげなく付け足された言葉に対し、ユウリが顔をあげてサムを見る。

「……そうなるに至った原因？」

「はい。たとえ無断侵入であろうとも、慎重に屋敷内を調べていたなら、むやみやたらと落ちることはないはずです。その先になにがあるか、開けてまず様子を窺《うかが》うのがふつうですからね。それをなさっていないということは、よほど不用心な人間だったか、でなければ、とても焦っていたかのどちらかではないかと」

するとシリトーが横から嬉《うれ》しそうに割って入った。

「それって、幽霊だか悪霊だか知りませんが、そんなものから逃げていたってことでしょうか？」

「かもしれません」

応じたサムが、「たとえば、この下」と手すりから階下を指さして教える。

「なにかの仕掛けに引っかかったのか、私どもが調査に入りました際に人骨が見つかりまして」

「人骨――!?」

驚いた彼らに、サムがさらりと付け足した。

「警察が調べたところ、百年ほど前のものとわかり、特に捜査の対象とはなりませんでしたが、以来、このあたりの空気は若干霊気を帯びていると、ここに滞在した霊能者が口を揃《そろ》えて言っております」

「心霊スポットか」

オニールが重々しく言って、首を伸ばすようにして階下を覗き込む。

一緒に話を聞いていたユウリには、「霊気」より「冷気」のほうが強く感じられたが、特にコメントせずにおく。

するとその横でスマートフォンを取り出したシリトーが、それを構えながらサムに尋ねた。

「すみません、写真、撮ってもいいですか?」

「撮るのは構いませんが、愚かな侵入者を増やさないためにも、写真や動画を自身のブログにアップしたりなにかに投稿したりするのはご遠慮いただいております」

「あ、それは大丈夫です。もとより、そういうことには興味がないんで」

応じたシリトーが、「ただ」とカメラ機能に切り替えながら続ける。

「そんな心霊スポットなら、もしかしたら白い球っころみたいなのが写るんじゃないかって思ったんです」

それに対し、眉《まゆ》をひそめたオスカーが確認する。

「お前が言っているのは、『オーブ』のことか?」

「あ、そう、それです」

「だとしたら、そう簡単には写らないと思うが」

言ったあとで、「特に」と付け加える。

「『白い球っころ』なんて言っているような不届き者のカメラにはな」

「かもしれませんが、ものは試しってことで」

嫌みを言われてもどこ吹く風で宣言したシリトーが、暗がりにスマートフォンを向けてピピ、ピピッとフォーカス音をさせながら撮り始めた。

それに対し、なんだかんだ興味を惹《ひ》かれたらしいオスカーが、シリトーの背後からスマートフォンの画面を見て指示を出す。

「ああ、違う。もっと右だ」

「どうしてです。僕は左が撮りたいんです」

「なら、左と右、両方撮れ」

「イヤですよ。記憶域がもったいない」

不毛な会話をかわす彼らを待っている間、サムの目が届く範囲でそのへんを動き回っていたユウリであったが、なにげなく壁の羽目板に触ったところで、ふっと脳裏に閃《ひらめ》いた映像があった。

頭部が赤いキツツキ。

それが羽を広げて飛ぶ姿と、なにか大きなものが宙をよぎる映像が交錯する。

昨夜、夢で見た光景であるが、いったいなにを示唆したものであるのか。

わからないが、この壁を伝っての映像の再生であれば、それらは、この家が発しているメッセージである気がしてならない。ただ、あまりに漠然とし過ぎていて、ユウリにはメッセージの意図するところが読み取れないというだけで——。

ここにもしアシュレイがいれば、こんな謎は一瞬で解いてしまうに違いない。

（あるいは、僕に、アシュレイがいれば、アシュレイの半分でいいから読解力があれば……）

遠い異国の地という油断があってか、ユウリが危険人物を招きかねない想像を膨らませていると、ふいに肩を叩《たた》かれ、名前を呼ばれた。

「——ユウリ」

ハッとして振り返ると、そこにはアシュレイならぬ、オニールが立っていて、軽く首を横に倒しながら「ほら、行くぞ」とユウリをうながした。見れば、スマートフォンを手にしたシリトーとその横に立つオスカーもこっちを見ていて、ユウリは慌てて謝る。

「ああ、ごめん。ちょっと考え事をしていた」

「だろうな。——でも、そろそろ次に行かないと、迷う以前に、永遠にここに留《とど》まることになる」

「たしかに」

笑って歩き出したユウリであったが、その時、廊下の奥に少年がいるのに気づいて、

「あっ！」と声をあげた。

「あそこに、人が——」

とたん、全員の視線がそっちを向く。

「え、どこに？」

「どんな奴《やつ》？」

オスカーとオニールが五月雨式に尋ね、ユウリが「ほら、あそこだよ」と言って、そっちに足を踏み出しながら答えた。

「廊下の突き当たりに、少年っぽい子が――。たぶん、男の子だと思うけど」

だが、説明しているうちにも少年の姿がスッと横に流れるように消えてしまい、結局、ユウリがその場に辿《たど》り着《つ》いた時には、影も形もなくなっていた。

「――嘘、いない？」

ユウリが、左右を見て驚きの声をあげる。

なぜといって、その廊下は行き止まりになっているうえ、移動できるような部屋の出入り口や階段がないため、その場から消えようがなかったからだ。

それなのに、消えてしまった。

幽霊のように忽然《こつぜん》と――。

あとから追いついてきた仲間たちが、口々に言う。

「いませんね」

「ユウリ、本当に見たのか？」

「俺たちには見えませんでしたが」

「……うん、たぶん、見た」

「見間違いなどではなく？」

オニールに重ねて問われ、ユウリが肩をすくめて答える。

「違うと思うけど、今となっては自信がないかも」

「……いや、でも、フォーダムならまあ」

オスカーが遠慮して小声で付け足したことに対し、シリトーが大声で、「それって、もしかしてもしかすると」と嬉しそうに言う。

「ついに幽霊と遭遇ですか⁉」

それから、「まあ」と続けた。

「幽霊屋敷に来ているのに、かんじんの幽霊と会えないというのは淋《さび》しい限りなので、あっちが襲ってこないうちはウェルカムですよ。――もっとも、見えたのがフォーダムだけってことは、結局僕たちにしてみれば『見てない』のと変わらないことになり、残念極まりないですね。――戻ってこないかな、その幽霊少年。ボーイ、カムバ～ック！」

最後は古い映画のごとく叫んだ声が、虚《むな》しく廃墟《はいきょ》に響きわたる。

すると、あとからゆっくり近づいてきたサムが、「今現在」と告げた。

「男女問わず、お子様の泊まり客はいらっしゃらないので、おそらく、フォーダム様がご覧になられたのは幽霊の類《たぐ》いでございましょう。――ちなみに、どんな様子だったかは、覚えていらっしゃいますか？」

「そうですね。……たぶん、あの感じは、ネイティブ・アメリカンの子供だったのではないかと思います」

「ネイティブ・アメリカン……でございますか」

もの思わしげに繰り返したサムに対し、ユウリが「あと」と言いかけたが、そのまま言葉を止めて黙り込んだため、サムが続きをうながすように尋ねた。

「あと？」

「あ、いえ」

応じたユウリは、悩んだ末に言う。

「なんでもありません」

「さようでございますか」

木版画のような目で少し疑わしげに見たサムだが、もちろん、それ以上突っ込んだ質問はしてこない。

客と接待係という立場をわきまえているのだろう。

だが、実を言うと、ユウリが見た少年には、あるはっきりとした特徴があった。ただ、それを口にするのがなんとなくはばかられ、言えずにいたのだ。

というのも、少年には右手がなかった。

手首から先が、すっぽり抜け落ちていた。

虐殺にでもあったか。

あるいは、動物に襲われるなどで、失われたのか。

ただ、当の少年にさほど陰鬱な恨みがましさがなかったことから、なにか正当な理由があってのことかもしれない。

頭部が赤いキツツキ。

宙をよぎる明るい物体。

そこへ持ってきて、右手のない少年が現れた今、少しずつなにかのピースが埋まっていっている気もするのだが、何度も言うように、ユウリの頭では謎が増えるばかりで、今さらながら、自分の不甲斐《ふがい》なさを実感する結果となった。

（知恵が足りない――）

その知恵を埋めるために、なにをしたらいいか。

わからないまま、ユウリは、残りの館内ツアーについていった。

3

結局、少年の幽霊を見てからは、特にこれといっておかしなことは起こらず、館内ツアーはあっけなく終了した。

ただ、当初の予定を大幅に過ぎてのことであったため、すっかりお腹《なか》が空《す》いてしまった彼らは、昼食を「ウッドポール・ハウス」で取ってから帰ることにし、食堂へとやってきた。

テーブルにつきながら、オスカーが腕時計を見て言う。

「この時間からだと、出発は三時過ぎくらいになるでしょうから、途中、かなり飛ばして帰ったとしても、向こうに着くのは夜になりますね」

「そうだね」

同意しながら、ユウリは、いささか複雑な心境に陥っていた。

もちろん、大きなトラブルに巻き込まれなかったのはいいことで、このまままっすぐ帰れるなら、おそらく夕食はシモンやユマたちと一緒に過ごせ、万事めでたしとなるわけだが、正直、ユウリは釈然としない。

それは、この場所に到着した時に抱いた印象と、あっさり帰路につくことになったこの結果が妙にちぐはぐで、うまく嚙《か》み合《あ》っていないからだろう。

（本当に、このまま、なにごともなく帰れるのか……）

そうは思うが、だからといって、みずから災難に飛び込むつもりもないため、ユウリは流れに身を任せることにする。

そんなユウリの横で、オニールがあたりを見まわしてからサムに尋ねた。

「そういえば、アンダーソンさんたちの姿が見えないようだけど、昼食はパスする予定かな？」

言ったあとで、「もし」と付け足した。

「パスするようなら、ここを出る前に一言挨拶がしたいので、あとで部屋を訪ねても大丈夫か、訊いてみてもらえるとありがたいんだが」

オニールは、アンダーソンがここにいることを前提として話していたが、サムからは意外な答えが返ってきた。

「申し訳ございません、オニール様。あいにくアンダーソン様は急なご用事で、ご朝食のあとすぐにハリウッドに向かわれました。こちらには、数日中に戻られるとのことでしたが、オニール様とそのご友人の方々には、くれぐれもよろしく伝えてほしいとおっしゃっていました」

「へえ、そうなんだ。――それは、残念だったな。最後にもう少し話をしておきたかったんだけど」

　肩をすくめたオニールが、「それなら」と重ねて尋ねる。

「ターキーも一緒に？」

「いえ」

　否定したサムが、もの思わしげな表情になって続ける。

「あの方は、どうやら昨晩からどちらかへお出かけになられたご様子で、朝食の席にもいらっしゃいませんでした。それで、皆様の館内ツアー中に、他の者に言って部屋や周辺を調べさせてみたのですが、どこにもお姿が見当たらないようでございます」

「え。──それって、まさか」

　夕食の席でのターキーの話からして、彼が、この幽霊屋敷のどこかに眠っている「大いなる魔術」に多大なる興味を持っていることは間違いなく、それを探しに、本来は立ち入りが禁止されている場所へ、夜のうちに忍び込んだ可能性は十分ありうる。

　オニールの確認に、「はい」とサムがうなずく。

「誓約書にサインしていただいておりますし、本当に『まさか』とは思いたいのですが、どちらにもいらっしゃらないとなると、なにが起ころうと責任は負いかねるとはいえ、さすがに捜索に出ないわけにもいかず、迷惑千万この上ないことです」

「大変ですね」

ユウリが同情的に言い、サムが疲れたように首を振って応じる。

「本当に」

そうしてサムが話している途中から、なにかに気づいたように自分の服のポケットや足下を覗いてなにかを捜していたシリトーが、ほとんど呟《つぶや》くくらいの小声で「……スマホが」と言うのをユウリは耳にした。

だが、サムの話に注意を向けていたため、ついやり過ごしてしまう。

その後、食事を終えた彼らは、一時間後に出発することにして、各自荷物をまとめるためにいったん部屋へと戻っていった。

その際、食堂を出たユウリは、ふと、オスカーのところにシモンからメールの返信が来ているのではないかと思い、確認しようと振り返るが、ちょうどそのタイミングでシリトーがオスカーに話しかけるのを目にしたため、あとにすることにした。

そのシリトーはといえば、食堂を出たところで、意を決し、オスカーにだけ、自分の失態を告白する。

「オスカー」

「なんだよ」

若干面倒くさそうに振り返ったオスカーに、シリトーが告げる。

「実は、スマートフォンを落としたみたいで」

ホワイトハート
講談社X文庫
トーテムポールの囁き
欧州妖異譚 21
特別番外編
お土産の定義
篠原美季
Miki Shinohara
イラスト かわい千草
Chigusa Kawai
NOT FOR SALE
※無断複写・複製・転載・アップロード・転売を禁じます。

特別番外編　**お土産の定義**

「……これ、本当に全部買うの？」

呆れ気味に問われ、ユウリが申し訳なさそうに「うん」とうなずいて言い訳する。

「シモンの従兄妹にフランスを出る時に頼まれてしまって……。あ、でも、もちろん、自分たちの買い物を優先して大丈夫だから。買えなければ買えないでいいって、シモンも言ってくれているし」

すると、出かける支度をしつつ会話を聞いていたらしいシモンが、「そんなの」と背後から受け合った。

「当然のことだよ。それに、もし面倒だったら、この場で断ってくれて構わない」

それに対し、ユウリからお土産リストを受け取ったユマが、隣にいるエリザベスと顔を見合わせながら、言う。

「別に、ついでだからいいけど」

「それに、ふつうならウィンドウ・ショッピングで終わるところを、堂々とお店に入って買えるなんて、楽しそう」

「それなら、よかった。存分に楽しんで」

シモンが言い、ユウリもホッとしたように横から付け足す。

「ありがとう。すごく助かる」

彼らは、現在、ニューヨークの老舗ホテルにいて、それぞれ別行動となるこの日、せめて朝食くらいは一緒に食べようと、支度がてらルームサービスを取っての食事を終えたところである。

お土産リストをしまったユマに対し、シモンが「ああ、そうそう」と付け足した。

「頼み事のお礼に従兄妹からプレゼントさせるから、お使い先の店で、なんでも好きなものを一つ選ぶといいよ」

「え、本当にいいの？」

ユマが嬉しそうに言い、エリザベスも喜びに口元を緩めつつ、「だけど、ベルジュ」と少々呆れたように忠告する。

「なんでも好きなものって、こんな高級店ばかりの『なんでも』は、危険過ぎない？」

「まあ、たしかにね」と認めたシモンが、

「それこそ」と自戒気味に続ける。

「お土産リストを寄こした従兄妹相手であれば、口が裂けても言えない台詞だけど、君たちなら、安心していられる」

つまり、非常識なほど高価なものは絶対に選ばないと信じているらしい。

もちろん、ユマたちにしても、そんなものに手を出す気はさらさらなかったが、彼女たちの常識と天下のベルジュ家の常識があまりにかけ離れていて、いったいどれくらいのものを買ったらいいのか、まったく見当がつかない。なんといっても、高額過ぎるのは言わずもがなだが、そうかと言って、この場合、安過ぎても逆に失礼な気がするからだ。

そんな二人の戸惑いを察したのか、ユウリがさり気なく助言した。

「よかったね、二人とも。――思うに、余計なことは考えず、その場で欲しいと思ったものを選んだらいいいんじゃないかな」

「そうか」

「そうよね」

そこで、二人は観光をメインとしつつ、ふだんとは違う気分でいられるお使いを大いに楽しむことにした。


1ヵ月後。

ロワール河流域に建つベルジュ家の城の応接間で本を読んでいたシモンは、ふいにバタンと開いたドアに驚いて、顔をあげた。

「ちょっと、シモン！」

「ナタリーか。脅かさないでくれ」

「そんなことより、なんなの、これ⁉」

ナタリーが手にしている紙の束にチラッと視線をやったシモンが、淡々と応じる。

「請求書だね」

「それはわかっている。わからないのは、なんで、こんなもんが私のところにまわってくるのかってことよ」

「それは、君が買い物をしたからだろう」

「嘘ばっかり。これ、全部、ユウリと貴方に頼んだお土産ばかりよ」

「悪いけど」

整った顔をしかめて、シモンが言い返す。

「そんなものを頼まれた覚えはないし、そもそも、お土産というのは、現地に行った人間が己の裁量で選ぶものであって、決して要求されるものではないと、前に言ったよね。そういう意味では、僕のアメリカ土産は、すでに渡したはずだよ」

「空港で買ったチョコレートね。お土産というより手土産って感じだけど」

不満げに答えたナタリーが、「まあ、百歩譲って」と続ける。

「リストにあったものはいいわよ。貴方の言う通り、私の買い物だから」

「そうだね」

「だけど、リストにはない、この『マグカップ二個』っていうのは、なに？　——だいたい、どうして宝飾店で『マグカップ』なのよ？」

「ああ、それ」と応じたシモンが、説明する。

「それは、君のために、ニューヨークでの貴重な時間を割いた友人へのお礼だよ。君に代わって、僕の方から申し出ておいた。……でも、そうか、マグカップ二個ね」

仏頂面のナタリーを余所に、シモンがやけに感心したようにつぶやいたため、興味を引かれたナタリーが訊く。

「マグカップ二個が、なによ？」

「いや、実は、彼女たちには、お礼になんでも好きなものを選んでいいと言っておいたのだけど、その結果、選んだのが、宝飾店のロゴが入ったマグカップとは、なんともセンスがいいと思って」

自分ではあまり買わないものだが、持っていると贅沢な感じでワクワクするし、お使いのお礼としては、実に手頃だ。

「そう？」

疑わしげなナタリーが、「私なら」と応じる。

「絶対に一番高いアクセサリーを買うのに」

「だろうね」

「ああ。誰か、私にもお土産リストを渡してくれないかしら。——そうすれば、お礼と称してなんでも好きなものが買える」

それに対し、読んでいた本に視線を戻したシモンが「その機会は」と応じる。

「おそらく永遠に来ないだろうね」

そんなベルジュ家の城には、今日も暖かな陽光がさんさんと注がれていた。

〈了〉

「はあ?」

　とたん、眉をひそめたオスカーが訊き返す。

「落としたって、どこで?」

「だから、どこかですよ」

　若干怒ったように言い返したシリトーが、「まったくもう」とまくしたてる。

「バカな質問をする人だな。どこで落としたかわかっていたら、とっくに取りに行ってますよ」

「俺にキレてどうする」

「キレてません」

「それが、キレてない奴の態度か?」

「そうです」

「なら、勝手にしろ」

「すみません、キレました。——だって、オスカーがわかりきったことを訊くから」

「だから、人のせいにするな、バカ」

　ペシッと頭を叩いて窘《たしな》めたオスカーが、「で」とすぐに具体的な質問をする。

「最後に記憶にあるのは?」

「写真を撮った時ですかね」

「写真って、まさか」

「はい。白い球っころの写真です」

「オーブ」

いちおう訂正したオスカーが、額に手を当てて嘆く。

「お前、それはまずいだろう」

「ええ、すごくまずいと思っています」

そのわりに平坦《へいたん》な口調で応じたシリトーが、「だから」とみずから善後策を講じる。

「とりあえず、オスカー、僕のスマホに電話をかけてくれませんか?」

この近くで落としたのであれば、着信音が聞こえるはずだというのだろう。

呆《あき》れながらもスマートフォンを取り出して電話をかけたオスカーだが、二人して耳を澄ましても、どこからもなんの音も聞こえてこなかった。

そこで一度電話を切ったオスカーが、「少なくとも」と言う。

「この近くにはないな」

「ですね」

そこで、さすがにしょげた様子を見せたシリトーが「しかたない」と口にする。

「気は進みませんが、これから、さっき写真を撮ったところまで行ってみます」

「マジか?」

「はい。それ以外に手はないし、道順は頭に入っているので問題ないですよ」

さすが、おどけてはいても、頭脳はすこぶるいいシリトーだ。オスカーもその点は疑っていなかったが、それでも若干の不安は残った。

なにせ、誓約書にサインさせられるくらい危険のある場所なのだ。

悩ましげなオスカーに対し、シリトーが「ただ」とお願いする。

「暗かったし、すぐに見つかるかどうかわからないので、オスカー、しばらく、あの階段のあたりで僕のスマホに電話していてくれませんか？」

その音を頼りに捜そうというのだろう。

それは、悪くないアイデアだが、一つ問題がある。

オスカーが、その点を指摘する。

「それはいいが、さっき、向こうで何度かスマホをチェックしたが、圏外になっていることが多かったから、電波が届く可能性は極めて低いぞ」

「わかっています。――でも、なにもしないよりはマシですから」

「まあ、それはそうだが……」

オスカーもその点は認めるが、やはり嫌な予感がするのは否めない。

とはいえ、逆の立場ならオスカーも同じことをするだろうと思い、結局シリトーの提案に乗ることにした。闇雲《やみくも》に探検するのは危険かもしれないが、さっき通った道を忠実に辿る分には、特に問題ないと判断してのことである。

「本当に、道順は頭に入っているんだろうな？」

「当然ですよ。僕を誰だと思っていますか？」

「お調子者」

「天才児です」

きっぱり言い切ったシリトーに、「はいはい」と応じて、オスカーが釘《くぎ》を刺す。

「なんでもいいが、くれぐれも寄り道をせず、通った道を忠実に歩けよ」

「もしかして、僕のことを心配してくれているんですね？」

揉《も》み手《で》をして喜ぶ相手に、オスカーが「お前というより」と告げる。

「もし、お前になにかあれば、オニールやフォーダムに迷惑がかかるからな」

「ですよねえ」

冷たい言葉にも屈せず、シリトーが「わかってますって」と胸を張る。

「安心してください。僕の場合、探検家になるほど根性も肝もすわっていないし、冒険心もからきしですから～」

「だといいが」

そこで、食堂を出た二人は、ユウリたちのあとを追って部屋には向かわず、先ほど来た道を戻っていった。

4

ユウリが部屋で帰り支度をしていると、扉がノックされ、オニールが顔を覗かせる。

「よ、ユウリ」

「あれ、アーサー。どうかした？」

「いや」

答えながら中に入ったオニールが、「邪魔して悪いが」と断りつつ続ける。

「オスカーの奴が来てないかと思って」

「オスカー？」

歯磨きの道具を鞄《かばん》に入れたユウリが、首を傾げて応じる。

「見てないけど、部屋にいない？」

「いないし、荷物もそのままになっている」

オニールの報告に、ユウリも眉をひそめて「それは」と言う。

「変だね。――実は、僕もシモンからの返信が来ていないか、これから彼の部屋に訊きに行こうと思っていたところだったんだ」

すると、その件について、オニールから報告が入る。

「ところが、そのベルジュが、こっちにメールをよこしたんだ」

「シモンが？」

意外そうに応じたユウリが、すぐに自分の携帯電話を取り上げ、電源をオンにする。

だが、先に宣言していたこともあってか、ユウリのところにはシモンからなんの連絡も来ていなかった。

ユウリのやることを見ながら、オニールが続ける。

「なんでも、一度、たぶん、僕たちが『館内ツアー』に出ていた頃にオスカーに電話をしたみたいなんだが繋《つな》がらなかったらしく、そのあとメールも送ったけど、なしのつぶてだそうで、どうなっているのかという照会のメールだ」

「へえ」

訝《いぶか》しげに応じたユウリが、煙《けぶ》るような漆黒の瞳《ひとみ》を翳《かげ》らせる。

「たしかに、几帳面《きちょうめん》なオスカーにしては珍しいかも。——きっと、シモンも心配しているんじゃないかな」

「ああ。だから、僕に連絡をよこしたんだろう」

スマートフォンを振りながら言ったオニールが、「しかも」と続ける。

「実際、オスカーの奴、どこを捜しても見つからなくて、ベルジュどころか、僕まで心配になってきたってわけだ」

「そうだね」

鞄から離れたユウリが、オニールが支えてくれた扉から廊下に出ながら言う。

「ちなみに、シリトーの部屋にはいない？」

「いない。ここに来る前に部屋を覗いたが、あいつの部屋も、もぬけの殻だった。しかもそれだけじゃなく、荷物の整理がまだなところも一緒だったし。——つまり、二人して消えたわけだが……」

「二人して……」

そこに至って、ユウリはことの重大さを認識する。

「それって、どういうことだろう？」

「そうだな。可能性の一つとして、あいつらが、なんらかの理由で、例の立ち入り禁止の場所に入り込んだことが考えられるが、だとしたら、なんのためかってことになる。このタイミングだと、行ってきたその足で——ってわけだし」

「たしかに」

そこで、ふと思い出したユウリが、「ああ、そうか、スマホ」と呟く。

「スマホ？」

気づいたオニールが問い返す。

「スマホがどうした？」

「あ、いや、そういえば、さっき食事を始める前に、シリトーが『……スマホが』って呟いていた気がして」

「なくしたってことか？」

「そうだね、そんな雰囲気だった」

「マジで？」

「うん」

うなずいたユウリが、続ける。

「その時は、別のことに気を取られていて深く考えなかったけど、今思えば、あのタイミングでスマホがないなら、あるいは、館内ツアー中に落とした可能性もあるわけで、それを取りに行ったのかもしれない」

「――それだ！」

認めたオニールが、炎のような赤毛を梳《す》き上げて言う。

「シリトーの奴、あの時、スマホで写真を撮りまくっていたし」

そんな話をするうちにも、二人は館内ツアーの出発点となった場所まで戻ってきた。

すると、そこに、彼らの推測を裏づける確たる証拠が残されていた。

「あ、見て、アーサー」

そう言ってユウリが示した先には、地下通路へとおりる階段の手すりにかけられた青いキャップがあった。

　帽子を手に取ったユウリが言う。

「これ、オスカーのだよ」

「たしかに」

　そこで顔を見合わせた二人は、どちらからともなく視線を階段のほうに向ける。

「つまり、やっぱりここに入ったんだ」

「そういうことだな」

　応じたオニールが、スマートフォンを取り出してオスカーに電話をかける。だが、やはり電話は圏外になっていて、繋がらない。

「……駄目だな」

　諦《あきら》めたオニールが、スマートフォンをしまいながら溜め息をついて言う。

「しかたない。少し待って戻らないようなら、僕が捜しに行ってくる」

「え？」

　驚いたユウリが、反対した。

「それは、まずいと思うよ。ミイラ取りがミイラになるかもしれない」

　それから、受付カウンターのほうを見て言った。

「それより、サムさんに正直に話して、一緒に捜しに行ってもらったほうが……」

だが、先ほどから違和感を覚えていたとおり、受付に人の姿はなく、すでにその案を試してみたらしいオニールが、「彼らは」と告げた。

「いなくなった」

「いなくなった？」

驚いたユウリが、訊き返す。

「どういうこと？」

「わからないが、さっき、部屋から受付に電話を入れたが誰も出ず、ここに来て呼び鈴を押してみたんだが、やっぱり反応がない」

「……そんな」

それまで接客は主にサムが担当していたが、それ以外に、二、三人のスタッフが働いているようであったのに、その誰一人として姿が見えなくなっているらしい。

オニールが続ける。

「おそらく、ターキーを捜しに行ったんだろうけど」

「ああ、そっか」

そもそも、ここがまだ商業施設ではなく、個人の別荘的な存在であることを思うと、使用人が全員休憩時間に入っていて不在でも、決して文句を言えたものではない。

まして、危険が迫っている人間を総出で捜しに出たのであれば、なおさらだ。

それに、うまくすれば、彼らがオスカーたちも見つけてくれるかもしれない。

とはいえ、だからといって、それまでなにもせずに、手をこまねいていていいわけでもないだろう。

（……やっぱり、足止めを食ったか）

そう思うユウリに、オニールが「ということで」と話を元に戻した。

「僕が捜しに行ってくるので、ユウリはここで待機していて、最悪の場合、警察に通報してくれないか」

「え、でも」

ユウリが躊躇《ためら》いを見せて言う。

「逆のほうがよくない？」

「君が、捜しに行くってかい？」

どこか呆れたような口調で応じたオニールに、ユウリが「そう」とうなずいた。

「それで、アーサーがここで事後処理をしたほうがいいように思うんだけど」

「でも、ユウリ、君、道順なんて覚えてないだろう？」

鋭い指摘に、「まあ、そうだけど」と応じたユウリが訊き返す。

「そういうアーサーは、もしかして覚えている？」

「当然」

あっさり認めたオニールが、「たぶん」と想定する。

「あいつらも覚えているはずだから、うまくすれば、おっつけ戻ってくるはずだ。さすがに、道を逸《そ》れるほど無分別ではないだろうし、悪霊にでも追いかけられない限りは、またすぐに会えるさ」

「……悪霊に」

ユウリとしては、その点がいちばん気になるところで、自分が行くべきではないかと主張したくなるのも、それを考慮してのことだった。

(本当に、無事に戻ってこられるといいんだけど……)

だが、その望みは見事に裏切られ、待てども暮らせども二人は戻らず、ターキーの失踪《しっそう》に続き、オスカーとシリトー、さらに捜しに向かったオニールまでもが、そのまま行方不明になってしまった。

5

同じ日。

ウォール街での会合に出席していたシモンは、終了後にスマートフォンを確認して、眉をひそめた。

というのも、午前中、後輩のオスカーからメールがあり、今夜食事を一緒にできるかどうか確認されたため、幽霊屋敷に行っている彼らが戻ってくる時間次第である旨を返信しておいた。

だが、それっきり通信は途絶え、なんの連絡も入っていない。

在学中、アウトローを気取っていたオスカーであるが、その実、とても優秀で実務能力にも長《た》け、この手の連絡を怠るような人間ではなかった。もし、あるとすれば、それは、彼自身がなんらかのトラブルに巻き込まれ、連絡のできない状況に陥った時くらいである。

そして、今現在、彼がトラブルに巻き込まれているとするならば、当然、一緒にいるユウリだって安穏とはしていられないはずだ。

そこで、シモンは、ひとまずオニールにメールを送信した。彼なら、気づけばなんらかの対応を取るだろうし、これでもし、オニールまで連絡を絶ったとなると、ことは重大だと言わねばならない。

焦《じ》れる気持ちを抑えながらマンハッタンの景色を眺めていたシモンに、その時、背後から誰かが声をかけた。

「ベルジュ」

振り返ると、そこに、同じ会合に出席していた青年の姿があった。

青年といっても、もちろん社会人で、シモンより年上だ。

彼は、ベルジュ・グループのシンクタンクのニューヨーク支社が、新たに顧問契約をし直そうとしている法律事務所の若き弁護士で、ニューヨークでも五本の指に入ると言われるほど腕が立つらしい。

高級なスーツを難なく着こなした姿はスタイリッシュで隙がなく、それなりに整った顔には自信と野心がありありと出ている。だが、スタイリッシュではあっても、ハイエナのように貪欲《どんよく》な彼にはヨーロッパ的なエレガントさはなく、シモンはあまり好きなタイプではない。

それに加え、老獪《ろうかい》な紳士たちの間では、若い彼に対する評判は真っ二つに分かれているようで、腕は立っても、情け容赦のない攻撃一辺倒の姿勢が仇《あだ》となり、いつか身を滅ぼすと予測する人間も多かった。

とはいえ、ニューヨーク流のやり方に適応するためには、彼のような人材は不可欠であり、シモンの好き嫌いはこの際、二の次である。

このたび、シモンが渡米することになった理由として、それまでニューヨーク支社が顧問契約を結んでいた大手弁護士事務所が突然経営破綻《はたん》し、その代わりを選ぶ必要に迫られたというのがあった。どうやら、かねてからクライアントの獲得競争で熾烈な争いを繰り広げていた同業者に事務所を乗っ取られてしまったらしい。

しかし、このニューヨーク支社はアメリカにおけるベルジュ・グループの重要な活動拠点であるため、防衛前線ともいえる訴訟業務に対応してくれる弁護士事務所選びには慎重を期する必要があり、本来はシモンの叔父の管理下にある支社に、実情を把握するという名目で、未来の経営者であるシモンが視察に入ることになったのだ。

もちろん、いかなシモンでも、叔父のやり方に口を出すのは、正直荷が重い。

ただ、兄弟の直接対決を防ぐためにも、第三者が間に入って、事態を客観的に眺める必要があるということになり、学生ながら、すでに経営者として実力の片鱗《へんりん》を見せ始めているシモンに白羽の矢が立った。

そんなシモンのことを、目の前の若い弁護士は一目で気に入ったようで、未来の頼れる経営者の信頼を勝ち得、今回の契約を盤石のものにしようという野心が、ありありとにじみ出ている。

相手が、ズボンのポケットに片手を突っ込んだまま尋ねた。

「先ほどからスマートフォンを気にされているようですが、なにか、トラブルでもありましたか?」

「……そうですね」

シモンは、手の中のスマートフォンを見おろして応じる。オニールからの返信は、まだ来ていない。

「僕というより、僕の友人たちが」

すると、相手がすかさず申し出る。

「よければ、こちらで対処しましょうか。お近づきの印に、僕個人の采配《さいはい》で」

つまり、腕の見せ所として無料奉仕してくれようというのだろう。

少し考えた末、シモンは答えた。

「いや、それはこっちでなんとかしますが、ただ、せっかくそうおっしゃってくださるのなら、一、二、お尋ねしても構いませんか?」

「もちろん」

快く応じた彼に、シモンが相手の意表を突いた質問をする。

「そちらの顧客に、『キング&ブラザース』のドナルド・キング氏がいますよね?」

「……ええ、まあ」

さすがにおいそれと顧客情報を渡す気はないらしく、あいまいに認めた彼に、「それなら」とシモンが続ける。

「彼が、ニューヨーク州ブラックヒルに所有する幽霊屋敷について、なにかご存じですか？」

「ああ、あれね」

少しホッとした様子を見せ、相手がうなずく。おそらく経営内容に興味があるわけではないと知って、安堵《あんど》したのだろう。

「あれは、もともと有名な心霊スポットで、買い取る際には、うちの不動産部門が手続きをしています」

「ということは、さほど大きなトラブルはなかった？」

「まさか」

眉をあげて応じた相手が、「それどころか」と教える。

「事故で学生が死んでいたり人骨が出たりと、問題は山積みで、それだけ金銭交渉はしやすい物件だったようですよ」

「人骨？」

ドキリとしたシモンが、興味を示して訊き返す。

「それは、どういった事件なんです？」

「事件というか、なんでも百年以上前の人骨だったそうで、捜査対象にはなりませんでしたが、それが噂《うわさ》として広がり、家に食われたんじゃないかって話まで出たくらいで」

「家に食われた……ですか？」

それはまた、違う意味で物騒な話である。

「まあ、もちろん、あくまでも陳腐な都市伝説の一つに過ぎませんが、それでなくとも、『ウッドポール・ハウス』といえば、歴史的にも有名で、半世紀ほど前に、安価であの屋敷を手に入れて引っ越してきた一家が、住み始めて間もなくとてつもない心霊現象に遭遇し大変な騒動に発展するなど、今後、『幽霊屋敷《ホーンテッドハウス》ホテル』として売り出すには、知名度が十分な物件なんですよ」

滑らかに説明したあと、目を細めて彼が言う。

「まさか、お友達は、そこに行ったというのではありませんよね？」

「……いや」

シモンが言葉を濁すと、相手もそれ以上探りを入れることはなく、「なんであれ」とスマートに忠告した。

「もし、そこに向かったのなら、すぐに戻るよう忠告するべきです。担当した不動産部門の人間は、査定の参考までにと、全米一と言われる霊能者を連れていったのですが、その霊能者が、『ここは、マジでヤバいので、あまり手を加えないように』と忠告したそうですから」

その言葉で、シモンの決意が固まる。

相変わらず、スマートフォンにはオニールからもオスカーからも連絡がなく、あのシリトーですら返信してこないことも、その決意を後押しした。

「ありがとうございます。とても参考になりました」

礼を述べたシモンが、「ところで」と尋ねる。

「貴方《あなた》の先ほどの申し出は、まだ有効ですか？」

とたん、相手がニヤリとして訊き返す。

「私個人の采配で問題に対処するという、アレですか？」

「ええ」

シモンがうなずくと、パチンと指を鳴らしてそばに控えていた青年を呼び寄せ、相手が「もちろん」と応じた。

「貴方のような将来性のある経営者とは、今のうちから良好な関係を築いておきたいと思っているので、なんなりとおっしゃってください。私が有用な人間であることを証明してみせますよ」

それに対し、シモンも悪戯《いたずら》っ子のように微笑《ほほえ》み、「まあ」と言う。

「それほど勢い込まずとも、まずは小手調べ程度のものです」

言ったあとで一拍置いて、シモンが話を持ちかける。

「実はとても個人的な用事で、このあとの会食を欠席したいのですが、かどが立たないようなアメリカ流のうまい理由を考えて、なんとか丸く収めてもらえませんか?」

それは、シモンのために企画された会食であり、まさに主役がいなくなるに等しい行為であったが、肩をすくめた相手は、「お安いご用ですよ」と応じて引き受ける。

「たしかに小手調べですね。――他にはありませんか?」

だが、シモンは丁寧に断る。

「今は特にありません。僕自身が自由の身になれれば、それだけで十分ですよ。――感謝します」

第四章　神話の終焉《しゅうえん》

1

シモンは急遽《きゅうきょ》、ヘリコプターを飛ばして、ユウリたちがいるはずの幽霊屋敷《やしき》へと向かった。

沈みゆく夕日が、あたりをオレンジ色に染めている。

「――間もなく、上空です」

ザザッという雑音のあとにヘッドフォンを通じて操縦士から報告があったのを受け、彼は首を巡らせて機体の側面から下方に広がる景色を眺めた。

近辺は鬱蒼《うっそう》とした森で着陸地点はなさそうに思われたが、幸い、敷地《しきち》の裏手にヘリポートがあり、難なくおりることができた。おそらく、ドナルド・キングが買い取ってすぐに造らせたのだろう。

シモンを降ろしたあと、上空で旋回して遠ざかっていくヘリコプターを見送ったシモンは、裏手から建物のまわりを歩きつつ、「なるほどね」と思う。たしかに、これなら、そのへんからティラノザウルスの頭が飛び出してきても、おかしくはない。

(つまり、あれであんがい、シリトーの感想が当を得ていたということか……)

しかも、建物自体はとてもいびつな形をしていて、一般的な建築工法を完全に無視して建てられたとしか思えなかった。全体を見てみないことには断言できないが、邪魔な木々を取り払ってこの建物を上から眺めたら、複雑な立体構造を持ったものの展開図のような形になるのではなかろうか。

(となると、この建物の展開図を描くのは、もはや不可能の極致ということだ)

考えながら木々の間を抜けて近道しようとしたシモンは、その時、すぐそばであがった悲鳴に驚き、声のしたほうに走っていく。

森を抜けたシモンの目の前に、ドサッとなにかが落ちてきた。

黒い塊だ。

だが、さらに驚いたことに、それは落ちたと思ったとたん、地面に溶けるように消えてしまった。

まるで、黒い砂埃《すなぼこり》がつぶれて霧散したかのようだ。

(——なんだ?)

着いて早々の怪異である。

その頃には、あたりは完全に夕闇《ゆうやみ》に包み込まれていたので、シモンの見間違いかもしれなかったが、念のため、装備してきた懐中電灯であたりを照らしてみる。

だが、やはり、それらしいものは転がっていなかった。

（……いったい、今のはなんだったんだ？）

だが、そのことについて落ち着いて考える間もなく、頭上で変な声がした。

「ひ〜え〜、助けて〜」

シモンがすぐさま懐中電灯を向けながら見あげると、半分ほど開いた扉に必死でしがみついているシリトーの姿がある。

「シリトー!?」

シモンが呼ぶと、向こうも驚いたように、「え、その声は」と答えた。

「まさか、ベルジュですか？」

「うん、そうだけど、君、そこでなにをしているわけ？」

「それは、見てのとおり、落ちそうなところを扉にしがみついて堪《こら》えているんです。──そう言うベルジュこそ、なんでここにいるんです。一瞬、先に天国に着いてしまったかと思いましたよ」

摑《つか》まっていることに必死であるわりに口調はいつもどおりなのが、なんとも彼らしい。

そんなシリトーを助けるため、あたりを見まわしながらなにか使えそうな道具がないか探し始めたシモンに対し、その時、ふいに声がかけられた。

「それは、俺も知りたいね。なんで、お前がここにいるのか。——おとなしく、マンハッタンで愛想を振りまいていればいいものを」

なんとも高飛車なもの言い。

ハッとして振り返ったシモンの前に、予想と違《たが》わない傲岸不遜《ごうがんふそん》が板についたような男が立っていた。

「——アシュレイ！」

シモンの声に、頭上のシリトーの悲鳴が重なる。

「ひえ～。本物の悪魔のおなりだ～」

それから、「よかった～」とおかしな感想が加わった。

「こっちが先だったら、ボク、自分が地獄に落ちたのかと勘違いして、絶望のあまりここから飛び降りていたかもしれない」

地獄に落ちるには先に死んでいる必要があり、そのあとで飛び降りてもあまり意味がない。

そんな矛盾に一瞬眉《まゆ》をひそめたアシュレイが、「相変わらず」と鬱陶《うっとう》しそうに言った。

「お調子者の話すことに意味はないな。いっそ、さっさと飛び降りて頭でも打ってみたら、少しはまともになるんじゃないか？」

「イヤですよ。――それより、ヘルプ　ミー、ベルジュ～」

「わかっているから、少し考えさせてくれ」

応じたシモンが、アシュレイを見て続ける。

「貴方《あなた》にもいろいろと言いたいことはありますが、今はシリトーを助けるのが先決なので、話はそのあとで」

「好きにしろ。俺のほうは話すことなどないし、さらに言えば、ただ通りかかっただけだからな」

そう言って歩き去ろうとするアシュレイに、シモンが呆《あき》れたように言う。

「まさか、本気で彼を見捨てるつもりではないでしょうね？」

「もちろん、そのつもりだが、別にいいだろう。お前も聞いていた通り、あいつは、俺を『悪魔』呼ばわりするだけで、助けを求める気などさらさらないようだし」

とたん、上からシリトーの声が降ってくる。

「ヘルプ　ミー、アシュレイ～～～」

悪魔呼ばわりしたことなどどこ吹く風といったような変わり身の早さに、アシュレイのみならず、シモンまでもが小さく片眉をあげて呆れてから、おもしろそうに言う。

「――だ、そうですけど、アシュレイ？」

それに対し、小さく舌打ちしたアシュレイが、シリトーを見あげて言う。

「お前、助かった先が地獄でもよくなったのか？」

「そうですね、この際、もうどっちでもいいです〜。というか、お二人とも、そんなふうにくっちゃべっているヒマがあったら、早く助けてくれませんかね〜？　こっちは本当に落ちそうだって、さっきから言ってんでしょうが！」

最後は身も蓋《ふた》もなく喚《わめ》かれ、単にシリトーのペースに巻き込まれていただけのシモンとアシュレイは、思わず顔を見合わせ、それから真面目《まじめ》に、それぞれできることをやりに動きだした。

2

「いや〜、本当に助かりました」

アシュレイがどこからか持ってきた梯子《はしご》とシモンが近くの部屋の窓を割って取ってきたクッションのおかげで、なんとか無事に地上に降り立つことができたシリトーが言い、つまらない感想を付け足す。

「まさに、地獄で天使と地獄の主に出会った気分です。……まあ、どっちがどっちかと問われても、僕には答えようがないので、いっそのことじゃんけんでも——」

「そんなことより、シリトー」

またぞろ長くなりそうなシリトーの戯言《たわごと》を、シモンが一刀両断にして問いかける。

「いったい、なにがどうなっているんだい？」

「あ〜、はいはい」

怒られてもあまり響かないシリトーが、「それがですね」としゃべり出す。

「なにがどうというほどのことでもなく、実際は些細《ささい》なことで、僕、立ち入り禁止となっている場所にスマートフォンを落としてしまって、昼食の際にそのことに気づき、いけないことだとはわかっていましたが、こっそり取りに戻ったんです」

そこでいったん息をついたシリトーが、「ちなみに」と確認する。

「立ち入り禁止の場所があることについては、わかりますっけ?」

「なんとなくね」

シモンが答える。

「君たちから時々思い出したように送られてきていたメールの中に、そんなようなことが書いてあった。たしか、『館内ツアー』として案内される場所は、まだきちんと整備されていないため、危険だからふだんは立ち入り禁止になっているとかなんとか」

誰からのメールだったかは忘れたが、仕事の合間に目を通した中に、館内ツアーに触れているものがあったのだ。

「そのとおりです」

認めたシリトーが、「で」と続ける。

「言ったように、いけないことだと知りつつ捜しに行ったわけですが、なんてことない、あんがいすぐにスマートフォンは見つかり、そこからなら進むより戻ったほうが、どう考えても早かったんで、来た道を取って返したら、なぜか迷子になったんです。——そんなわけないのに」

こう見えて、おのれの記憶力に絶対の自信を持っているシリトーが言い、「しかも」とどんどん話を進めた。

「突然、なんか黒い影みたいなのが追っかけてきたから、怖いのなんのって。必死で逃げまわっているうちに、あの扉に突き当たって、開けてそのまま飛び込もうとしたんですけど、その一瞬、サムさん――あ、この屋敷の管理人の名前ですけど、あの人の言葉が頭の隅をよぎったので、念のため、扉にしがみついて難を逃れたんですよ。……もう、本当に間一髪です」

「黒い影……」

たしかに、シリトーの悲鳴を聞いてあの場に駆けつけたシモンは、なにかが目の前に落下するのを目にしたが、それはすぐに地面に溶け込むように消えてしまった。

（ということは……）

シモンは考える。

（あれは、やはり目の錯覚などではなかったのか）

シリトーが、「それにしても」と言った。

「どう考えてもおかしな話で、ただ元どおりの道を戻っていたはずが、気づいたら、全然知らない場所に出ていたんですよ。そうでなきゃ、あんなものに追っかけられることもなかったのに、いったい、なにがどうなっているのか。――本当に、どうしてなんでしょうねえ。ベルジュ、なんでだと思います？」

問われるが、シモンの知ったことではないので、そう答えようとした。

ところが、そんなつまらない質問にもきちんと答えが出せてしまうアシュレイが、シモンより早く「そんなの」と横から口をはさんだ。

「悪霊を追い出すのに、来た道を戻れてしまったら意味がないからだろう」

シモンとシリトーが同時にアシュレイを見て、口々に言った。

「嘘《うそ》」

「悪霊？」

それから、シリトーがアシュレイを見あげて恐々《こわごわ》と訊《き》く。

「つまり、僕、悪霊に追いかけられたんですか？」

「知らないが、話の感じからしてそうなんじゃないか？」

「どうでしょう。少なくとも、実体があるものには見えず、どっちかというと、なにかちっちゃな虫が寄り集まって飛んでいるような感じで、まあ、ちっちゃな虫だとしたら実体はありますが、とにかく気味が悪かったのはたしかです」

シリトーの話は要領を得ないようで、あんがい、実状に即していてわかりやすい。

半分感心しながら、シモンがアシュレイに問う。

「でも、どうしてアシュレイにそんなことがわかるんです？」

それから、「それに」と問題の核心に迫った質問を付け加えた。

「そもそも、なぜ、貴方がこんなところにいるんです？」

すると、底光りする青灰色の瞳《ひとみ》でジロッとシモンを見たアシュレイが、「そんなこと」と不服そうに応じる。

「お前に言う必要はないし、そもそも、さっきも言ったように、お前も——ついでに、このお調子者も——俺にとっては、完全なるお邪魔虫だ」

「——あ、ディスられた」

懲りもせずにシリトーが横やりを入れるが、アシュレイに睨《にら》まれ、すぐさま口にチャックするジェスチャーをして黙り込む。

その隙《すき》に、シモンがアシュレイに訊く。

「つまり、例によって例のごとく、貴方が用があるのはユウリただ一人ということですね。——ああ、まさか、今回のことも、すべて貴方が仕組んだとか？」

「今回のこと？」

「ユウリたちをこの屋敷におびき寄せ、全員の消息を絶たせたことですよ」

「全員の消息を絶つ？」

前半部には触れず、後半だけを繰り返したアシュレイが、「は」と鼻で笑って言い返す。

「もしかして、この中では、そんなおもしろいことが起きているのか？」

それに対し、シモンが答える前に、口のチャックを外したらしいシリトーが、驚いたように訊いた。

「え、マジですか、ベルジュ。本当に、みんな消息を絶ったんですか?」

というのも、シリトーは、自分が立ち入り禁止の場所に入ったあとのことは、いっさい知らないからだ。

「つまり、オスカーだけでなく、オニールやフォーダムも消えてしまった?」

「わからない。――ただ、誰とも連絡が取れなくなっているのは事実だ」

「ひえ」

本気で驚いたシリトーが、「だけど」と問う。

「どうしてでしょう。オスカーだけならわかりますが、オニールとフォーダムまでだなんて、ありえない」

「そうなんだ」

まだ状況が摑めていないシモンが、「ちなみに」と尋ねた。

「なぜ、オスカーだけは、いなくなってもおかしくないと?」

「それは、僕がオスカーにだけは、スマホを失《な》くしたことを話していて、しかも、途中まで一緒に来てもらっていたからです」

「つまり、君が戻らないので、捜しに行った可能性が高いわけだ」

「はい」

「となると、オニールとユウリは……」

シモンが呟《つぶや》いた時、ふいに彼のスマートフォンが着信音を響かせ、考えながら送信者を見たシモンが、驚いたように軽く目を見開き、急いで電話に出た。

「――ユウリ!?」

3

それより少し前。

後輩たちを捜しに行くため、オニールが例の階段をくだっていった。

一時間以上待っても戻らなければ、警察に通報するようにと言い残してのことである。

その際、階段をおりていくオニールを呼び止め、ユウリは胸ポケットに入れてあった赤い羽根を渡すことにした。それは、一昨日《おととい》、ここに来ることになりそうだったユウリに、夕食を共にしていた「ワグヌカ」という珍しい名前の男が渡してくれたものである。

「アーサー」

「なんだ？」

「これ、持っていって」

ユウリが赤い羽根を差し出すと、不思議そうに眺めたオニールが訊き返した。

「――羽根？」

「というか、お守りかな」

「へえ。変わったお守りだな」

言ったあとで、嬉《うれ》しそうに笑って付け足す。

「ありがとう。ユウリが渡してくれたものなら、効果は絶大だ」

その後、去っていくオニールの後ろ姿を見送りながら最後まで悩んでいたユウリは、地下へと続く階段に座り込み、ひどく落ち着かない気持ちで待っていた。

そんな彼のはるか頭上を、ヘリコプターが通過する。

だが、起きた変化といえばそれくらいで、しばらくは、何事もなく過ぎる。

五分、十分、十五分――。

あまりにもなにも起こらなさ過ぎて、もしかしたら、ユウリの心配はただの杞憂《きゆう》で、このままなにも起きずに終わるのではないかと思い始めた、その時だ。

ふいに、屋敷全体の空気がガラリと変わった。

それまでなんてことなかった空間が、一瞬で緊張を孕《はら》み、凍りついたように思えたのだ。

同時に剝《む》きだしとなった敵意。

(――なに？)

いったい、なにが起きたのか。

わからないが、屋敷のどこかで異常事態が発生したのは間違いなく、それは同時に、屋敷の奥にいるオニールやオスカーたちにも、なんらかの危険が迫っているということだった。

もう一秒も待っていられない。

焦ったユウリは、温存しておいた携帯電話の電源を入れ、シモンに電話する。彼を心配させるのはわかっていたが、万が一、ユウリが失敗した場合、オニールたちを助け出せるのは、シモン以外にいないからだ。

忙しいシモンが電話に出られる可能性は低かったが、それでも留守番電話にメッセージを残せば、あとでなんらかの手を打ってくれるに違いない。

祈るような気持ちで待っていると、ほんの数コールでシモンが出た。

『——ユウリ⁉』

驚いたような口調であったが、そんな声音ですら優雅で頼もしい。

声を聞いただけでホッとしたユウリが、「シモン」と口早に言う。

「詳しく説明している暇はないんだけど、実はちょっとトラブルが発生して、これからオニールたちを助けに行こうと思う。——もちろん、心配なのはわかるけど、とにかく急いだほうがよさそうだから、もう行くね。ただ、万が一、僕になにかあった場合に備えて、いちおうシモンにこのことを伝えておくことにしたんだ」

とたん、当然のごとく、シモンが止める。

『ちょっと待った、ユウリ』

だが、ユウリも譲る気はない。

「ごめん、シモン。待っている暇はなさそう」

『なら、一つだけ教えてほしい。君、今、どこにいるんだい？』

なぜ、このタイミングでそのことを訊かれるのかはわからなかったが、ユウリは素直に答える。

「どこって、例の幽霊屋敷だけど」

『それはわかっているよ。僕が訊きたいのは、その中のどこかってこと』

慌ただしく問いかけてくるシモンの声が揺れているのがわかり、彼が急いで移動する様子が伝わってきた。

そのことを不審に思いつつ、ユウリが答える。

「えっと、正面玄関だよ。そこに地下へとくだる階段があって――」

説明の途中でシモンが『わかった』と言い、最後に付け足した。

『五分で行くから、そこにいて』

「え、五分って――」

驚いたユウリが、訊き返す。

「シモンこそ、今、どこに――」

だが、その時には通話は途絶えていて、ユウリは携帯電話を持ったまま呆然《ぼうぜん》と立ち尽くした。

聞き違いだったのか。

だが、シモンは、間違いなく「五分で行く」と言った。

とはいえ、マンハッタンにいるはずのシモンが、どうやったら五分でこの場に来られるというのか。

たとえ魔法の絨毯《じゅうたん》があったとしても、不可能だ。

それでも、ユウリがおとなしくその場で待っていると、五分も経《た》たないうちに玄関扉が音をたてて開かれ、本当にシモンがその優美な姿を現した。

この場にそぐわない、まさに大天使が降臨したかのような神々しさだ。

「シモン——？」

驚きのあまり声の続かないユウリのところまで走り寄ったシモンが、その腕にユウリを抱き寄せ、ホッとしたように言う。

「よかった、間に合って」

「それはそうだけど、でも、どうやって——」

だが、その問いに答えてもらう前に、ユウリの前に次々意外な人物が現れ、彼の混乱はいや増すばかりだ。

「フォーダ〜〜〜ム！」

例によって例のごとく大声で名前を呼ばわりながら駆け寄ってきたシリトーに、ユウリが「え、君」と理解できないように尋ねる。

「なんで、いるの？」

「なんでって、ひどい。いちゃいけないみたいに」

「ああ、ごめん。そういうつもりではなく」

感動の再会のはずが、あまりに驚き過ぎて愚かな質問になってしまったことを詫《わ》びたユウリが、「でも」と事実を問いつめる。

「てっきり、立ち入り禁止の場所に勝手に入って、出てこられなくなったのだとばかり思っていたから」

「あ、それはそのとおりなんですけど、結局、こうして出られちゃいました〜」

軽い口調で言われ、肩透かしを食らった気分のユウリが、「それなら」と尋ねる。

「出られちゃいましたって……」

「もしかして、オスカーも？」

言いかけた時、扉口に新たに人影が立ったため、てっきりオスカーだと勘違いした彼は、「よかった、オスカー」と言いかけた。だが、実際に現れたのは、ユウリの想像をはるかに超えるほど意外な人物であったため、「よかった」と言いかけた口のまま、固まってしまう。

そんなユウリに近づいてきたアシュレイが、凝固したまま動かないユウリの頭をパシッと叩《たた》き、呆れたようにのたまう。

「だから、その間抜け面はなんなんだ。冬眠明けのカエルだって、まだマシな顔をしているぞ」

そこで、ようやく話せるようになったユウリが、「あ、え？」と混乱を示す。

「なんで、アシュレイ？」

「それは、なんで俺がここにいるのかと訊きたいのか？」

途中がすっぽりと抜けていた質問の内容を確認され、ブンブンとうなずいたユウリが認める。

「そうです。なんで、アシュレイがここにいるんです。――え、まさか、シモンと一緒に来たんですか？」

それには、シモンが嫌そうに反論する。

「そんなわけないだろう。なんで、僕がアシュレイと」

「だよね」

それは絶対にありえないと思っていたユウリが納得し、「それなら」とシリトーを見おろした。

「君が連れてきた？」

「かもしれませんね。悪霊に追いかけられたくらいなので、この際、悪魔の一人や二人連れてきてしまってもおかしくはないですから」

　とたん、ジロッとアシュレイに睨まれ、「ひゃ」と首をすくめたシリトーが「な～んて」と言いなおす。

「冗談はさておき、もちろん、僕でもありません。――というより、僕が思うに、このお方は、僕たちより先にここに来ていたのではないでしょうか」

「僕たちより先に……？」

　ユウリが、訝《いぶか》しげに繰り返す。

　いったいどうしたら、そんな結論に至るのか。

　しれっと推論を披露したシリトーが、お調子者ながら鋭い頭脳の持ち主であるところを見せつける。

「ほら、覚えていませんか、フォーダム」

「なにを？」

「昨日の夕食の席でのアンダーソンさんとサムさんの会話ですよ。――食事が終わりかけの頃にチラッと、アンダーソンさんが、ここには、もう一人泊まり客がいたと言っていたじゃないですか」

　そこで、思い出したユウリがうなずいた。

「そういえば、そんな話をしていたね。――たしか、『都市伝説』を研究している文化人類学科の学生とかなんとか」

言いながら、改めてその全容を思い出したユウリが、「なるほど」と納得する。

一週間分の諸費用を先に支払ったり、自分がいなくなっても捜さなくていいなどと豪語したりするのは、まさに、アシュレイがやりそうなことである。

「つまり、その学生が――」

「そう。俺だ」

認めたアシュレイが、チラッとシリトーを見てから続けた。

「俺は、半年前にこの屋敷に忍び込んだ末に、『開くはずのない扉』から転落死した青年のことを調べに来たんだ。――もっと言ってしまえば、彼が追い求めていたものの正体といえばいいのか」

「それって、もしかして、『大いなる魔術』のことですか?」

ユウリが訊き返すと、アシュレイが意外そうに見おろして言う。

「なぜ、そのことを知っている?」

「それは、先客の一人であるフレデリック・ターキーという人が、同じく夕食の席で、その話をしていたからです」

ユウリの説明に、シリトーが「ちなみに」と補足した。

「そのターキーって人も現在行方不明で、たぶん、その『大いなる魔術』を探しに立ち入り禁止の場所に入ったと考えられています」

するど、「ターキー」の名前に反応したアシュレイが、「なるほど」と呟いて考え込む。

「ターキーね。それは、いささかおもしろい」

それから、なにを思ったか、底光りする青灰色の瞳でユウリを捉《とら》え、例のそそのかすような声音で「ところで、ユウリ」と尋ねた。

「お前は、急いでいるはずではなかったか？」

そこで、思い出したユウリが「あ、そうです」と認める。

シモンの登場や、それに続く驚きの連続で、さすがにユウリも現状から意識が離れてしまっていたが、それ以前の感覚では、オスカーやオニールになんらかの危険が迫っているように思えたのだ。

「はっきりとはわかりませんが、さっき、急に屋敷全体の空気が変わって、殺気を帯びたというか、臨戦態勢に入ったように感じたんです」

もちろん、そう言われてもシモンやシリトーにはどういうことかわからなかったが、一人、アシュレイだけは、「まあ」と納得する。

「ターキーが一匹迷い込んだのなら、それも十分ありうるだろう」

謎《なぞ》めいた言葉を吐くアシュレイを警戒するように見やり、シモンが水色の瞳を細めて尋ねた。

「つまり、貴方には、この状況が多少なりともわかっていると？」

「当然」

憎らしいほどあっさり認めたアシュレイが、「そんなこと」と続ける。

「いつものことで、今さら訊くまでもないことだと思うがね」

それから、ユウリに視線を移して言う。

「ということで、ユウリ、大根役者や小生意気な下僕を助けたいなら、俺と一緒に来ることだ。言っておくが、迷っている暇はないぞ。――ただし」

そこで、シモンとシリトーを見て付け足した。

「今回は、お貴族サマには、そのお調子者とここで留守番をしていてもらう」

「そんなこと――」

シモンが反論しかけるが、その腕に手をやって押《お》し留《とど》め、ユウリが勝手に了承した。

「わかりました」

だが、当然シモンは納得しない。

「僕は了承してないよ、ユウリ。というか、認める気なんてさらさらない」

それに対し、アシュレイが楽しそうに応じる。

「悪いが、もう決まった。――それに、言っただろう。迷っている暇はない。お前が、大根役者やクソ生意気なこいつの下僕を、これを機に排除したいというなら、いつものごとくわがままを通せばいいが、そうでないなら、引っ込んでろ」

指を突きつけられて宣告され、悔しいが、シモンは黙るしかなかった。

オニールやオスカーのことがなければ、どんな理由をつけてでも同行するが、つまらない言い合いをしている間にも二人に危険が及ぶとしたら、アシュレイの言うとおり、我を通すわけにもいかない。

それでも、確認せずにはいられず、シモンが苦しげに尋ねる。

「ユウリ。本気かい？」

「うん」

うなずいたユウリが、シモンの気が少しでも楽になるよう「というか」と補足する。

「もともと、僕一人で行くつもりだったから、アシュレイが一緒に行ってくれるのであれば、むしろ、鬼に金棒だよ。埋められずに失敗したかもしれない謎のピースが、アシュレイがいることで埋めることができれば、このミッションの成功率は俄然《がぜん》高くなる。――だから、心配しないで、シモン」

「そう言われてもね」

アシュレイの存在自体、シモンにとってはすでに赤信号であった。

もちろん、シモンだってアシュレイの能力は認めているが、その分、傲慢《ごうまん》さゆえに冒す危険も十分ありうる。

心配と憤慨と、他にもさまざまな想《おも》いが一緒くたになった表情を浮かべるシモンを見あげ、その頰《ほお》にそっと手を伸ばしたユウリが困ったように訴える。その一瞬、ユウリの全身全霊がシモン一人に向かうのを、傍でアシュレイがつまらなそうに見ていた。

「そんな顔をしないで、シモン。本当に大丈夫だから。——オニールとオスカーを見つけたら、すぐに戻ってくる」

それに対し、伸ばされた手をつかんだシモンが、どこまでも澄んだ水色の瞳でユウリをしっかりと捉え、「絶対に」と念を押す。

「無茶をしないと、今、ここで約束してくれるかい？」

「そうだね」

小さく苦笑を浮かべたユウリは、シモンの手からそっと自分の手を外すと、煙るような漆黒の瞳でシモンを見返し、静かに宣言する。

「約束するのは難しいけど、シモンのためにも、極力しないと誓うよ」

そうしてユウリはアシュレイとともに、ふたたび立ち入り禁止の場所へと踏み込んでいった。

4

「随分と、安易な誓いだな」

歩きだしてすぐ、今しがたの一幕を揶揄《やゆ》するように放たれたアシュレイの言葉に、そっぽを向いたユウリが答える。

「そうですか?」

「そうだろう。——どうせ、守る気なんてないくせに」

するとと、今度はアシュレイのほうを向いて軽くにらんだユウリが、「誤解しているようですけど」と断った。

「シモンに対して、口先だけの約束なんてしません。誰かを助けたいと思う気持ちと、シモンを悲しませたくないという気持ちは、いつだって、僕の中で同率で存在しているんですから」

珍しくどこか怒ったような口調で反論したユウリが、「そもそも」と続ける。

「アシュレイがシモンを追い詰めるようなことをするから——」

だが、反論の途中で「それなら」とアシュレイも不満げに言い返す。

「お前は、お貴族サマを、この先なにがあるかわからないような場所に連れて来たかったのか？」

「それは――」

図星をつかれたユウリが一瞬言葉を失い、ややあって、認める。悔しいが、結果的にアシュレイの言う通りだからだ。

「連れて来たくなかったし、わかっていますよ、感謝しろって言いたいんですよね？」

「わかっているなら、さっさと感謝しろ」

高飛車に謝辞を要求され、小さく肩をすくめたユウリが礼を述べる。

「……ありがとうございます」

だが、半ば強制的に言わせておきながら、それをアシュレイ自身が無効にする。

「ま、言葉なんかより、態度で示せってことなんだが」

なんともアシュレイらしい言い様に、ユウリが溜め息混じりに「はいはい」とうなずいてから話題を変えた。

「それはそうと、アシュレイ。貴方は、この屋敷について、なにを知っているんですか？」

それに対し、館内ツアー用の懐中電灯であたりを照らしながら、アシュレイが「それを言うなら」と問い返す。

「お前こそ、この屋敷について、なにを知っている？」

「なにって……」

少し考えた末に、ユウリは答えた。

「今のところは、なにも」

だが、その答えに「はい、そうですか」と納得するアシュレイではない。

「そんなわけないだろう。少なくとも、なにか感じたからこそ、慌てて迷子になった奴《やつ》らを捜しに出ようと思ったはずだ」

「……まあ、そうですね」

あくまでも曖昧《あいまい》な返事をするユウリに対し、痺《しび》れを切らしたアシュレイが、ふいにユウリの胸倉を摑んで顔を近づけ、「いいか、ユウリ」と底光りする青灰色の瞳で見おろしながら脅した。

「俺は少々苛々《いらいら》しているし、いつも言っているが、お前のちっぽけな脳味噌《のうみそ》にしまい込んでいたって腐らせるだけの情報が、俺にとっては美食の宝庫なんだ。もったいぶってないで、とっとと話せ。でないと、ここで無理矢理吐かせるぞ」

唇が触れそうなくらい近くに迫ったアシュレイから、マグマの噴出のような熱を感じ取ったユウリは、これ以上刺激しないよう、素直に謝る。

「……すみません。わかりました。だから、まずは放してください」

だが、放すどころか、吟味するように青灰色の瞳を細めたアシュレイの様子にさらなる危機感を覚えたユウリが、重ねて懇願する。

「アシュレイ、本当に。——たぶん、アシュレイも興味を持つ話だと思うので」

「——は」

そこで、ようやくユウリから手を離したアシュレイが、「だったら」と文句をつけた。

「初めから素直に話せばいいだろう。変に気をもたせるようなことをせずに」

「そうなんですけど、別に気をもたせているわけではなく、頭の中で整理しきれていないので、なにから話していいか」

「そんなの、いつものことだ。珍しくもない」

けんもほろろに応じたアシュレイが、ユウリの額を人さし指でグッと押して「だから」と続ける。

「お前は、ただ話せばいい。あとは、こっちで処理する」

「……ですよね」

あっさり言われ、ユウリも覚悟を決め「まず」と話し出す。

「捜しに行こうと思ったのは、言ったように、急に空気が殺気を帯びたからです。これについては、本当になぜかはわかりませんが、剝きだしの敵意が屋敷全体に漲《みなぎ》った感じです。それで、中にいるオスカーやオニールたちのことが心配になって」

「なるほど」

「それと、管理人のサムさんが変ですね」

「……変というのは？」

「たぶん、双子なのだと思うんですけど、人が入れ替わっているのに、『サム』で通している気がして」

「ああ、まあな」

「……『ああ、まあな』？」

アシュレイがすんなり認めたことに驚いたユウリが、「やっぱり」と問いかける。

「別人なんですね？」

「そうだが、一つ訂正すると、奴らは三つ子だ」

「――三つ子？」

びっくりして懐中電灯ごとアシュレイのほうを向いたユウリに対し、アシュレイが疎ましそうに顔をしかめて、ユウリが向けた懐中電灯を押しやりつつ、「少なくとも」と応じた。

「三人で見張っている」

「見張っている？」

奇異な表現を用いたアシュレイに、当然ユウリが突っ込む。

「見張っているって、なにを――もしくは誰を、ですか？」

「単純に言えば、侵入者だ」

答えたアシュレイが、「だがまあ」とひとまず保留にする。

「それについては、あとできちんと説明してやるから、続けろ。他にも、なにか不思議に思ったことはないのか？」

「そうですね」

地下通路を抜け、古い部屋に踏み込んだところで、ユウリがあたりを見まわしながら言った。

「強いて言うなら、この屋敷全体です」

「屋敷全体？」

「はい」

白い布の張られた家具から奥の暗がりに懐中電灯の光を向けつつ、ユウリが説明する。

「こうして見ても、どこにも幽霊の姿がありません。幽霊屋敷のはずなのに、かんじんの幽霊がいないんです。——あ、一人だけ見たかな。でもそれくらいで、そのわりに、この屋敷全体になにかの気配が満ちていて、あたかも、屋敷自体が意識を持っているかのように思えます」

「……屋敷自体が意識を持っている、か」

アシュレイが興味深そうに繰り返し、「それから？」と続ける。

「その様子だと、他にもまだまだあるだろう。——たとえば、なにか見たとか、聞いたとか、そんなことはなかったか?」

「ああ、見たと言えば」

ユウリが、思い出したように応じた。

「頭部が赤いキツツキの幻影を、見ました。それについては、夢にも出てきたくらいで、なにか重要なことを伝えようとしていたように思うのですが、それがなにかさっぱりわからず、そのままにしてあります。——あと、さっきも言ったように、館内ツアーの途中で、この屋敷に来て初めて幽霊を見ました。右手のない少年で、たぶん、幽霊だったのだと思います。それから、夢で言ったら、なにか大きなものが空をよぎっていくのを見ました」

「ほらみろ」

アシュレイが、わが意を得たりとばかりに言う。

「思ったとおり、えらくたくさんの情報を無駄に抱え込んでいたな」

「……無駄」

ずいぶんな言われようだが、たしかに、ユウリ自身、自分に知恵が足りず、もし、この場にアシュレイがいたら、すぐさま解決するのではないかと考えていたくらいだ。実力不足を非難されてもしかたない。

「それなら、アシュレイにはなにがわかっているんですか？」

尋ね返したユウリが、「というか」と続ける。

「アシュレイの場合、オニールやオスカーのことなんかどうでもよくて、ただその『大いなる魔術』とかいうものを見つけたいんですよね？」

「どうだかな」

さして、興味なさそうに応じたアシュレイが、「そもそも」と言う。

「半年前、この屋敷に忍び込んで転落死した学生は、例の十八世紀にできた『エリュ・コーエン』という秘密結社の流れを汲《く》む、学生たちによる現代版地下組織のアメリカ支部に所属する青年だった」

「『エリュ・コーエン』……？」

繰り返したユウリは、記憶を辿《たど》るように目を伏せる。

たしかに、その名前はユウリにも聞き覚えがある。

彼らは、悪魔を呼び出すアイテムを探していて、最近ではよく、その結社の一員である「マーカス・フィッシャー」というかなり性質《たち》の悪い青年がユウリたちに絡んできて、その流れでシモンがケガをする事態に陥ったりした。

ユウリの中でも、「要警戒」の相手である。

アシュレイが言う。

「俺は、ある筋から、その学生——覚える必要はないが、ルイス・ファーミントンという名前の学生が、『大いなる魔術』を手に入れようとしているという話を聞かされ、その真相を探っているところだった。知ってのとおり、奴らとはこのところ因縁があるから、お宝を横取りするといった嫌がらせの一つでもしてやろうと思ったんだが」

アシュレイも意外だったことに、彼は死んでいた。しかも、オカルトめいたかなり奇妙な死に方で——。

それで、なおさら、この件に興味を持ったのだ。

ユウリが訊き返す。

「それなら、『大いなる魔術』は、やっぱり悪魔を呼び出すアイテムということになるんでしょうか？」

「いや。俺が調べた限り、違う」

「違う？」

「ああ」

「だけど、それなら、『大いなる魔術』とは、なにを指しているんですか？」

だが、それには答えず、アシュレイが「まず」と教えた。

「この屋敷に悪魔を呼び出すアイテムが隠されていると考えられた理由は、十九世紀初頭、まだ南北戦争が始まる以前にこの屋敷を最初に建てた男、当時の入植者の一人であるリチャード・ブルックという英国人が、支配者階級にありがちなフリーメイソンの一員で、かつオカルト主義者であったことにあるようだ」

「……フリーメイソン」

それは、いわゆる「秘密結社」と同義語として語られるくらい、歴史上最も有名な結社の名前である。

「そうだ。なんといっても、アメリカはフリーメイソンが作ったという説が、いまだに根強くあるし、オカルト的要素を除いたフリーメイソンが、いわゆる有力者と有力者を繋《つな》ぐネットワーク的な役割を帯びていたことを思えば、それも十分ありうる」

「なるほど……」

「秘密」などというから怪しげなものに捉えられがちだが、要は「選民思想」的な考えに基づく排他主義的ネットワークである。

そんなアメリカの建国秘話はともかく、ユウリが「でも」と主張する。

「だとしたら、なおさら、この屋敷には、その手の魔術書なりなんなりが隠されていてもおかしくなさそうですけど……」

「そのとおりで、誰もがそう思ったからこそ、いつしかそれが真実であるかのようになっていったわけだ」

「そうか。まさに都市伝説ですね」

「その通り」

人差し指をあげて応じたアシュレイが、「だが」と続ける。

「真相はまったく違い、彼は、もっとこの地に根ざしたものに興味を抱いていた」

「この地に根ざしたもの？」

「そう。俺は、そのことを調べるために、わざわざブルック家の末裔を探しだし、話を聞きに行ったんだ」

そのあたりは、やはりアシュレイとしか言いようがない。

感心しつつ、ユウリが訊く。

「それで、ブルック氏が興味を抱いていたものというのは、なんなんですか？」

「リチャード・ブルックは」

懐中電灯が照らす薄暗がりの中、あげたままだった指を振りながら、アシュレイが説明する。

「ある時期に仕事でアメリカ北西部を訪れているんだが、そこで、その地に住むネイティブ・アメリカンと接触する機会があったらしい。そして、彼らの村落で目にしたあるものに好奇心を刺激され、ついにはそれを東海岸へと移築したと、古い新聞記事に書いてあった」

「……あるもの？」

ユウリが、訊き返す。

「その、あるものっていうのは、なんですか?」

だが、すぐには教えてくれず、アシュレイはヒントのようなものをあげていく。

「言ったように、それはネイティブ・アメリカンに由来するもので、まさにこの屋敷の根幹をなし、さらには屋敷の名前にまでなっている」

「屋敷の名前?」

繰り返したユウリが、続けて屋敷の名前を呟く。

「『ウッドポール・ハウス』……」

そんなユウリに、アシュレイがさらに付け足した。

「たいていの人間が、ネイティブ・アメリカンについて考える際、十中八九、最初のほうにイメージするものの一つなんだが、そう言ってもまだわからないか?」

「ネイティブ・アメリカン……」

呟きながら、ユウリはワグヌカの顔を思い浮かべていた。やはり、この地はネイティブ・アメリカンとの繋がりが強いらしい。

ウッドポール・ハウス。

(……ウッドポール)

そこで、ハッとしたユウリが、「そうか」とアシュレイを見て言う。

「もしかして、トーテムポールですか？」

「大当たり《ジャックポット》」

指を鳴らして答えたアシュレイが、「トーテムポールは」と続ける。

「さっきも言ったとおり、おおかたの人間がネイティブ・アメリカンの文化を思い浮かべる時にその背後に想定しがちだが、実際はといえば、アメリカ全土でも北西部に限られる文化だ」

「へえ」

「もちろん、迫害の歴史や、もともと木材が腐食しやすく、長くあとに残るものではなかったことを思えば、今では完全に失われてしまって確認できていないだけで、トーテムポールがもう少し広い範囲に存在した可能性は否定できないが、それでも、南西部の荒涼とした砂漠地帯にあったとは思えず、広がったとしても、それは森林地帯に住んでいた部族の間だけと考えていいだろう」

「え、どうして？」

まだわからずにいるユウリを呆れたように眺め、アシュレイがしかたなく教える。

「木の生えないところに、トーテムポールは立てられないだろう。あれは、木が豊富にある地域の文化であり、砂漠地帯に木造家屋がないのと理屈は一緒だ」

「なるほど」

考えてもみなかったユウリは、砂漠のような乾燥地帯に張られたテントの前にトーテムポールがある光景をイメージしてしまっていた一人である。

おのれの無知を恥じ入りながら、ユウリが尋ねる。

「つまり、この屋敷のどこかに、トーテムポールが隠されていると？」

「そういうことだ」

うなずいたアシュレイが、「というか」と言い換えた。

「むしろ、この屋敷が複雑な造りをしているのは、そのトーテムポールを守るためであると言っても過言ではないだろう」

「——トーテムポールを守るため？」

ユウリは意外そうに繰り返したが、アシュレイは「だいたい」と続けた。

「封印目的ならともかく、ただ悪霊なりなんなりから逃げるためだけに建て増しをするっていうのは、そもそも変だろう」

「……言われてみれば」

苦労して建て増ししたところで、悪霊に見つかればすぐまた建て増しだ。それは、物理的に不可能に近い。

ひとまず納得したユウリが、「でも」と根本的な問いを発する。

「どうして？」

「守る必要があるのかって？」

「はい」

「そりゃ、それこそが、『大いなる魔術』を秘めていたからだろうな」

「え――？」

話しているうちにも、彼らはどんどん建物の中を歩いていき、一つの分かれ道に到達した。そのうちの一方は、まさに、ユウリが少年の幽霊を見た廊下で、アシュレイは、迷わずそっちの廊下へと踏み入っていく。

とっさに道を間違えたのだと思ったユウリが、慌てて忠告した。

「あ、アシュレイ。その先は行き止まりで、なにもありませんよ？」

「知っている」

軽く認めたアシュレイは、どうやらなんらかの確信があるらしく、「だが、なにもないように見えても」と続ける。

「実際は見えていないだけで、なにかあることもある」

言いながら突き当たりの壁の前に立ち、四方を丁寧に探り始めたアシュレイが、最終的に床の右隅を足でドンと踏みつけた。同時に壁の右側を軽く押すと、それはいとも簡単に奥へ引っ込み、反対側の壁が手前に突き出る。

要するに、真ん中を軸に、壁が四十五度ほど回転したのだ。

「――すごい」

　思わず呟いたユウリが、続ける。

「忍者屋敷みたいだ」

「ま、原理は同じだろう」

　開いた隙間から中に身体《からだ》を滑り込ませながら認めたアシュレイに、あとに続いたユウリが訊く。

「でも、ここに仕掛けがあるって、よくわかりましたね。――あ、まさか、勘とか言いませんよね？」

「当たり前だ。俺は、お前のようにぼーっと生きているわけではないからな」

　つまらなそうに答えたアシュレイが、説明する。

「事前にドローンを飛ばし、屋敷全体の構造を頭に入れておいた。それからすると、この先に、部屋か廊下がないとおかしいんだよ」

「ふうん」

　さすがアシュレイである。

　やることに無駄がなく、かつ天才的だ。

　とはいえ、もし、この屋敷がなにかを守るために造られたのだとしたら、こんなふうに突き進む彼らを、黙って通してくれるのだろうか。

ユウリが尋ねる。

「でも、考えてみれば、僕たちだって、屋敷側にしてみれば、十分『侵入者』ですよね？」

「そうだ。だから、当然、そんな俺たちが無事に最奥部に辿り着くためには、仕掛けに打ち勝つだけの知恵か、でなきゃ、なにかの導きを得るしかないだろう」

「導き……」

繰り返したユウリは、ふとオニールに渡した赤い羽根のことを思い出す。

あれがもし、ユウリがこの屋敷の真実に辿り着くための手助けをしてくれるものだったとしたら、安易にオニールに渡してしまってもよかったのか。

ワグヌカは、言っていた。


誰がなにを追い求めているのか、そこを間違えると大変なことになる。


（なにを追い求めているのか……）

ふと不安になったユウリが、呟く。

「……もしかして、僕は間違えたのかも？」

それに対し、アシュレイが「なにを？」と訊き返そうとした時だ。

コツコツ。

暗がりで、不気味な音がした。

ハッとしたユウリとアシュレイが、同時に暗がりに目を凝らす。

そこに、なにかがいた。

背の低いいびつな影。

闇に浮かぶギョロリとした木版画のような目。

明らかな敵意を持って、二人の様子を窺《うかが》っていたのは——。

「サムさん——⁉」

相手の正体に思い当たったユウリが叫んだ瞬間。

シュッと鋭い音をたてて、なにかが彼らに襲いかかってきた。

「——避《よ》けろ、ユウリ！」

「アシュレイ⁉」

二人の声が交錯し、懐中電灯の明かりがあたりに乱舞した。

5

一方。

階段のところでユウリとアシュレイを見送ったシモンとシリトーは、その場でなんとも苛立たしげな気持ちになっていた。

こういう時、なにもできないというのは、彼らのように人を導く立場に置かれるような類《たぐ》いの人間にとって、何よりつらいものである。シモンはもとより、おちゃらけているように見えるシリトーも、その実、母校のパブリックスクールで、立派に全校生徒の代表である「総長」を一年間務め上げた辣腕《らつわん》の持ち主だ。

感情を表に出さないシモンに対し、表に出しまくるシリトーが「ああ」と地団太を踏みながら言い募る。

「イライラする。イライラする。イライラする。——いったい、向こうはどうなっているんでしょう。ちょっとだけでも様子を見てきましょうか。あるいは、僕らも見まわりに出るというのはいかがなもので」

それに対し、受付のカウンターに寄りかかって腕を組んでいたシモンが、「シリトー」と冷たい声で窘《たしな》めた。

「少し静かにしてくれないか。——だいたい、今さら僕たちがここを離れたところで、堂々巡りになるだけで、なんの意味もないだろう」

「ドードー鳥か。アリスの世界ですね」

またぞろよけいなことを言ったシリトーが、すぐに付け足す。

「そうかもしれませんが、少なくとも、僕のイライラは半減しますよ」

とはいえ、シリトーのイライラが半減したところで、この際、なんの意味もない。

シモンが、水色の瞳を伏せて考える。

建て前上、シリトーには待つように言ったが、シモン自身、自分のくだした判断が本当に正しかったかどうか、正直、少し悔やんでいた。

どんな理由であれ、ユウリを、アシュレイなんかと行かせてしまってもよかったのだろうか。

たしかに、アシュレイがいれば、簡単にはユウリに危害が及ぶことはないだろう。それは、誰がパートナーになるよりも、確実なことといえた。

アシュレイとの付き合いが長くなってきた昨今は、そのあたりの信頼関係は、微妙ながら存在している。

ただ、そうは言っても、相手はあのアシュレイだ。

自分の楽しみのためなら、ユウリにどんな無茶をさせるかわからず、さらに言えば、シモンを出し抜く用意は、常に万端であるはずだ。

(やはり、判断を間違えたのではないだろうか――)

シモンは、思う。

二人を行かせるべきではなかった。

と、その時。

地下へと続く階段の下に、ゆらりと人影が現れた。

「ベルジュ、誰か来ました!」

先に気づいたシリトーが呼び、ハッとして身体を起こしたシモンも、そこに黒褐色の髪をした大人びた青年の姿を認めた。

「オスカー⁉」

顔をあげたオスカーのほうでも、シモンの姿を見て、唖然《あぜん》とした表情になる。

「――え、ベルジュ⁉」

叫んで、階段を二段飛ばしで駆け上がってきたあと、そこにシリトーの姿があるのを見て、ホッとしたように付け足した。

「それに、シリトーか。お前、やっぱり戻ってたんだな」

「やっぱりって、オスカーこそ、どこにいたんです?」

言いながらオスカーに近づき腕や肩を叩いて実在を確認するシリトーに、「そんなの」

とけんもほろろに答える。

「お前を捜して、例の道を辿ってきたに決まっているだろう。——ったく、とことん迷惑な奴だな」

それだけ言ってしまうと、すぐにシモンに視線を移し、「それより」と言う。

「驚きましたよ。——なぜ、ベルジュがいるんです？」

ほとんど浦島太郎のような気持ちになっているらしいオスカーが、髪をかきあげ、戸惑ったように付け足した。

「あ、まさか、俺から返信がなくて、駆けつけてきたとか」

「まあ、それもあるけど」

立ち入り禁止の場所を彷徨《さまよ》っていたオスカーが、こちらの事情をなにもわかっていないのはしかたないことだが、焦燥感が募っていたシモンは、つい淡々とした口調で話を進めてしまう。

「他にもいろいろと事情があってね。——それで、君、一人かい？」

「ええ、まあ」

「それなら、オニールには会っていないんだね？」

「はい」

うなずいたあとで、顔をしかめて問い返す。

「それって、まさか、オニールが俺たちを捜しに向こうに行ったってことですか？」

「ああ。――オニールだけじゃないけど」

付け足したシモンが、「その様子だと」と矢継ぎ早に質問する。

「君は、向こうで危険な目に遭わずにすんだ？」

「そうですね。――いちおう、こいつのことを捜しながらでしたから」

言いながらシリトーを示して、続ける。

「横道に逸《そ》れたりして時間はかかりましたが、慎重に元の道順を違えないように歩いたので、問題なく戻ってこられました」

答えたあとで、シモンの先ほどの言葉が引っかかったように、今さらながら繰り返す。

「だけど、オニールだけじゃないって……」

言っているうちに、シモンがここにいる意味に気づいたらしく、その表情が深い懸念を秘めたものへと変わっていく。

「え、まさか、フォーダムまで、俺たちを捜しに行ったとか言いませんよね？」

「いや、残念だけどそのとおりだし、さらに言えば、状況はもっと悪いよ」

応じたシモンが、忌ま忌ましげに告げる。

「なにせ、ユウリは、いっこうに戻らない君とオニールに危険が迫っていると考え、アシュレイとともに向こうに行ったんだ」

「アシュレイですって⁉」

それこそ、寝耳に水の情報に、オスカーが眉をひそめて問い質す。

「なぜ、あの人がここに？」

「まあ、驚くのも無理はないけど、実は、彼は、君たちより前にこの場所に来ていたようなんだ」

そこで、先ほどの会話をかいつまんで話して聞かせると、オスカーがどこか虚脱したように繰り返した。

「……ああ、覚えてます。そうか、その学生が」

そんなオスカーを見おろしたシモンが、「でも」と言う。

「話を戻すと、君がこうして戻ってきたところを見ると、おっつけオニールも問題なく戻ってくる可能性が高い。つまり――」

そこでチラッとシリトーと顔を見合わせると、意図を悟ったシリトーがうなずいて結論づけた。

「僕らは、まんまと、あの魔王様に騙《だま》されたわけですね？」

「そのとおり」

答えた瞬間、水色の瞳に苛烈《かれつ》な怒りが浮かび上がり、シモンが冷たく宣言する。

「あの人は、オスカーやオニールの危機をダシにして、ちゃっかり自分の目的のためにユウリを連れ去ったんだ──」

「なんてずるい」

「あの男のやりそうなことだな」

最後に低く告げ、ようやくおおよその状況を理解したらしいオスカーが、「だったら」と好戦的に宣言する。

「すぐに追いかけましょう、ベルジュ。なんとしても、二人を止めないと」

だが、意外にも、シモンが躊躇《ちゅうちょ》する。

「もちろん、僕としてもそうしたいのはやまやまなんだけどね、オスカー」

そこで、微苦笑を浮かべて続ける。

「あの人のことだから、すでに君たちの知らない道に踏み込んでいる可能性が高い。ということは、僕らが彼らのあとを追いかけるためには、まず、この屋敷の構造をもっとよく知る必要があるんだ」

「でも、そんな時間は──」

「そう。ないに等しい」

それを聞いたシリトーが、「それって」と嘆かわしそうに言った。

「万事休すじゃないですか」

「そうだね」

もっとも、そんな煮え湯は、これまで何度も飲まされているシモンが、「それでも」と希望を捨てずに言おうとした時だ。

「――どうやら、大きな手違いがあって、この場は混沌《こんとん》としているようだな」

ふいに背後で第三者の声がして、彼らがいっせいに振り返ると、そこに鳥を思わせる鋭い瞳をした黒髪の男が立っていた。

あいにくシモンは初対面であったが、男の顔に見覚えのあったシリトーとオスカーが、同時に叫ぶ。

「貴方は――！」

6

それより少し前。

屋敷の奥では、宙を切り裂くようにして襲ってきたものを、間一髪のところで、アシュレイが、まずユウリを庇《かば》うように押しのけてから、腕をあげて追いやった。その際、アシュレイの腕とぶつかった衝撃で、相手の身体から飛び散ったなにかが、そこらじゅうにふわふわと舞い散る。

それは、押されて尻餅《しりもち》をついたユウリの上にも舞い降りてきて、手に取ったユウリは、床に転がっている懐中電灯を引き寄せてから、光のもとで眺める。

赤い羽根だ。

（……これ）

なにかを察したユウリが、「そうか」と呟き、慌てて立ちあがってアシュレイに向かって告げる。

「アシュレイ。駄目だ、戦わないで！」

だが、その時には、第二弾がアシュレイを襲い、彼はとっさに避けながら言う。

「バカ。それを言うなら、相手に言え」

そこで、ユウリはアシュレイの前に出ると、暗がりに向かって叫んだ。

「サムさん、勝手に奥まで入り込んで、ごめんなさい。でも、僕、呼ばれたんです。赤い羽根の持ち主に。だから――」

だが、暗がりに立ち尽くすサムに動きはなく、ただ、木版画のような目でジッとユウリを見返している。

しかも、アシュレイが言ったとおり、その数は三人だ。

三人のサムが、ギョロリとした目で、ユウリを見ていた。

「お願いだから、羽根の持ち主と話をさせて――」

しかし、そんな懇願も虚《むな》しく、ふたたび急降下してきたなにかが、ユウリめがけて襲いかかり、とっさによろめいたユウリを、アシュレイが背後から支える。

「どうやら、珍しくお願いが通じないようだな、ユウリ」

「――そうですね」

「原因は、わかっているのか？」

周囲を警戒するように見つめながら耳元で言ったアシュレイに、ユウリは小さくうなだれて、「……はい」と答えた。

「いわゆる『通行手形』のようなものを、アーサーに……」

「くれてやったか」

「ええ」

なにを言っても、通じない。

やはり、ユウリは間違えたのだ。

あの時、赤い羽根をオニールに渡したのは間違いで、あれがなければ、ユウリはなにも手を出すことができないらしい。——しかも、それだけでなく、あの赤い羽根に導かれたオニールは、戻れるどころか、最奥部へと導かれてしまった可能性がある。

そこで、彼にどんな運命が待ち受けているのか。

せっかく手にしていた導きを、自分の判断ミスで手放してしまったユウリが、この先どうしていいかわからずにいると、背後のアシュレイがふたたび耳元で言った。

「そうなると、残る手段はただ一つだ」

「一つ？」

「ああ。——強行突破するぞ」

「え、でも……」

ユウリは、躊躇した。

もちろん、アシュレイが一緒なら、それも可能かもしれないが、その過程で相手を傷つけるのは間違いなく、それはユウリの本意ではない。

やはり、できれば穏便にすませたいユウリであったが、その時、上空から新たな攻撃が仕掛けられ、アシュレイが臨戦態勢に入るのがわかった。

（――どうしよう）

ユウリが悩んだ、その時だ。

ピュー。

鋭い口笛のような音がその場に響き、急降下してきたものが、ぶつかる寸前で方向転換した。

いったい何が起きたのか。

驚いたユウリが振り返るのと、そこに現われた人物が名前を呼ぶのがほぼ同時だった。

「ユウリ！」

「え？」

見間違いではない。

そこには、暗がりから走り寄ってくるシモンの姿があった。

「――シモン⁉」

抱き寄せられたユウリが、なされるがままシモンの名前を呼び返したあと、思わず「なんで？」と言いかけるが、それより前に、シモンの後ろから姿を現した人物を見て、もう一度、驚きの声をあげる。

「――ワグヌカさん⁉」

それに対し、アシュレイが小さく「ワグヌカ」と呟いた。

その声音から察するに、どうやらアシュレイは、彼の名前に聞き覚えがあるらしい。

そのことを、彼は惜しげもなく披露する。おそらく、それが一番効果的であるとわかった上でのことだろう。

「つまり、あんたが、この屋敷の共同所有者――もっと言ってしまえば、真の所有者ってわけだ」

「……所有者？」

ユウリがつぶやく。

オーナーはキング氏のはずだが、それとは別に所有者がいたということか。

だが、契約上の難しいことはともかく、彼がこの屋敷の所有者の一人であるという事実は、ユウリの中でなんら違和感がなかったため、彼はシモンのそばを離れ、ワグヌカの前に立って謝る。

「あの、ごめんなさい、ワグヌカさん。忠告されていたにもかかわらず、僕、間違えてしまったみたいです」

それに対し、ユウリの頭に手を置いたワグヌカが「しかたあるまい」と応じた。

「無理難題を押しつけたのはこっちだし、予期せぬ要因が入り込んだこともある。――ただ、そのせいで、今、この場はとんでもない危機に陥っている」

「とんでもない危機？」

「ああ」

深刻な表情でうなずいたワグヌカが、「今からでも」と提案する。

「遅くはないので、力を貸してくれるか？」

いったい、なにがどうなっているのか。

ワグヌカには、なにが見えているのか。

わからないまま、ユウリは迷わずうなずいた。

「もちろんです。──僕も、友達を捜さないといけないし」

それに対し、シモンが即座に「オスカーは」と告げた。

「自力で戻ってきたよ。シリトーを捜していたから時間がかかったけど、特に危険はなかったそうだ」

「本当に？」

ホッとしたユウリが、「それなら」と言う。

「あとは、オニールだね」

ユウリが赤い羽根を持たせてしまったために、おそらく戻ることができなくなってしまったはずのオニール。

彼を救うためにも、ユウリはワグヌカとともに、先へ進むしかなかった。

「では、行くか。時間がない」

「はい」

うなずいたユウリからシモンとアシュレイに視線を移し、ワグヌカが訊く。

「君たちは、ここから戻ってくれても構わない。なんなら、彼らに道案内をさせるが――」

彼らというのは、もちろん三人のサムたちのことで、どうやら、ワグヌカは彼らから「侵入者」とみなされないらしい。もとより、ユウリに導きの赤い羽根を渡した上に、この屋敷の所有者の一人であるとわかった今、彼がこちら側の人間であるのは否定のしようがなかった。

ワグヌカの提案に対し、シモンとアシュレイが同時に言う。

「ご冗談でしょう」

「は。――これぞ、まさに、トンビに油揚げだ」

7

一方。

オニールはというと、先ほどから、頭部の赤い鳥に誘われるように、前へ、前へと進んでいた。

その道が、館内ツアーで通った道と違うのはわかっている。

どこで間違えたのか。

あれはたしか、以前、歩いた時に、ユウリが少年がいると騒いで走っていった行き止まりの廊下のあたりだ。その場所に差しかかった時、廊下の先にこの鳥の姿を見て、以来、ずっとあとを追いかけている。

どうしてなのかは、わからない。

まるで魔法をかけられたかのように、あとを追ってしまうのだ。

飛んでは壁の縁《へり》に止まり、ふたたび飛んでは天井の梁《はり》で羽を休める鳥。

その姿を追って、彼は屋敷の奥へ、奥へと入り込んだ。

いったい、どこまで行くのか。

あるいは、彼になにをさせる気でいるのか。

おそらく、明白な意図があってのことであろうが、オニールにはなにもわからず、ただひたすらあとを追っている。

あまりにも夢中になっていたため、途中から、つかず離れずの距離を保って誰かがあとをついてきていることにも気づかなかった。

男は、荒い息を吐きながら、ぎらぎらした目でオニールの後ろ姿を睨みつけていた。

今にも、背後から襲いかかりそうな獰猛《どうもう》な殺気。

しかも、その手には、斧《おの》が握られている。

男は、最良のタイミングを計りながら、オニールのあとを追い続ける。

もちろん、そんなこととは露ほども知らずに歩き続けたオニールは、やがて明かり取りの窓がある広い部屋へと出てきた。

大きな部屋だ。

見あげれば、二階分の高さがありそうな上部は梁が剝きだしになっていて、スレート屋根の形に天井が傾いている。

（……ここは？）

オニールは、懐中電灯の明かりを頼りに、あたりをそっと見まわした。

すでに日はとっぷりと暮れているらしく、窓の外は真っ暗だ。そこから、うっすらと月光が射《さ》し込《こ》んでいる。

目が暗がりに慣れるにつけ、オニールは、その部屋の異様さを認識する。

なにもないガランとした空間に、一本の巨大な柱が立っている。

近づいてよく見れば、柱にはさまざまな彫刻が施されていて、見事な芸術品として仕上がっているようだった。

（これって……）

オニールが思う。

（トーテムポールか？）

それは、ネイティブ・アメリカンの文化として誰もが知っているものだ。しかも、昨今は、装飾品としての価値が見直されつつあり、ヨーロッパにも輸出されたりしている。

だが、ここにあるのは、その手のポップなものとは違いそうだ。

（もっと、なにか意味がありそうな……）

だが、だとしても、そもそも、なんでこんなものが家の中にあるのか。

いったい、誰が持ち込んだのか。

なにもわからないまま、珍しげに見あげていたオニールは、その時、ふいに背後に殺気を感じて振り返った。

その目の前に、銀色の刃《やいば》が振り下ろされる。

（斧だ――）

瞬時に避けたのは、さすがオニールとしか言いようがない。

反射神経と運動神経がともにいいオニールだからこそできた芸当で、凶器を振りまわす相手を見て、彼は「お前」と叫んだ。

「ターキー！」

それは、行方不明になっているはずのフレデリック・ターキーであったが、その目は異様な輝きを帯びていて、まともな精神状態にあるようには見えなかった。

事実、彼は、斧を振りまわしながら意味不明なことを喚いた。

「今こそ、その大いなる力をわが種族のものとせん――」

「おい、やめろ、ふざけんな！」

危険な凶器を必死で避けながら応戦していたオニールだが、ある瞬間、なにかに躓《つまず》き、そのまま後ろにひっくり返る。

「うわっ」

しかも、不運なことに、転んだ時にトーテムポールに後頭部をぶつけ、そのまま意識を失ってしまう。

その最後の一瞬。

彼の意識に滑り込んだのは、落ちかかる斧の切っ先と、「アーサー！」と叫ぶユウリの悲壮な声だった。

8

ユウリたちがその部屋に着いた時に目にした光景が、それだった。

ガランとした部屋に聳《そび》えるトーテムポールと、その前で倒れ込むオニール。さらに、そのオニールに襲いかかるターキーの姿だ。

ターキーの振り下ろした斧が、オニールの上に落ちていく。

どんなにがんばって走っていっても間に合う距離ではなく、ユウリが絶望とともに悲壮な声で叫んだ。

「アーサー！」

同時に、ユウリの耳元でブンとなにかが風を切る音がした。

オニールのことに気を取られていたユウリは気づかなかったが、その瞬間、ワグヌカが放ったブーメランが弧を描いて飛んでいき、オニールの上に落ちかかる斧を間一髪のところで弾《はじ》き飛《と》ばす。

ターキーの手を離れた斧は、そのままトーテムポールの根元に突き刺さり、ブーメランは、その衝撃で床の上を転がった。

その間に走り寄ったユウリが、オニールの身体にすがりつく。

「アーサー！　しっかりして、アーサー！」

だが、気を失っているオニールの顔は蒼白《そうはく》で、意識を取り戻す様子はない。

「アーサー！」

「ユウリ、頭を打っているかもしれないから、へたに揺さぶらないように」

あとから追いついたシモンが警告し、すぐさまスマートフォンを取り出して救急車を呼ぶ。繋がらないかと危惧《きぐ》したが、どうやら、ここは電波が通じているらしい。

そのそばでは、ターキーが、トーテムポールにささった斧を取ろうとしていたが、後ろからアシュレイに羽交い締めにされてできずに終わる。なにかに取り憑《と》《つ》かれているらしい彼は、代わりに超人的な力で反撃してきたが、それでもふだんから野生動物並みの身体能力を発揮するアシュレイの敵ではなく、あっさり意識を落とされた。

アシュレイの腕の中でくずおれたターキーを見おろし、ワグヌカが感慨深げに言う。

「なるほど。こいつがターキーか。——管理人から脅威の侵入者について知らせを受けた時は『まさか』と疑っていたが、また微妙な時期になんとも厄介なものが忍び込んでいたものだな」

その手には、拾い上げたブーメランが握られている。

それに対し、ターキーの身体を無下に床に転がして顔をあげたアシュレイが、おもしろそうに「——脅威の侵入、ね」と応じた。

「たしか、ある言い伝えによれば、あんたら氏族の氏神であるワグヌカ、つまりは『キツツキ』と、こいつが名乗っている『七面鳥《ターキー》』は、人類の保護者の地位を巡って常に争ってきたそうだな？」

アシュレイの言わんとするところを探るように、ワグヌカが慎重にうなずく。

「……そうだが」

「ということは、この男に、もとからその自覚があったのか、それとも、なんらかの精神的衝撃を受けた結果、奥底に眠っていた氏族の古い記憶が蘇《よみがえ》っただけなのか、――まあ、俺は後者だと思っているし、その意識が覚醒《かくせい》した瞬間が、ユウリが言うところの、『屋敷全体の空気が変わった』瞬間だと推測できるが、なんであれ、敵対者として目覚めたこいつは、こうしてあんたらに対し、戦いを挑んできたというところなんだろう。もっとも」

そこで、倒れているオニールを見て付け足す。

「それで、なんで大根役者が襲われることになったのかは、知らないが」

その疑問には、オニールのそばに跪《ひざまず》いているユウリが答えた。

「それは、僕が、方向性を間違えて、オニールにワグヌカさんにもらった赤い羽根を渡したからだと思います。よかれと思ってのことでしたが、結果的に、キツツキの導きを得たアーサーが、彼らの使者か眷属《けんぞく》かなにかと勘違いされて襲われてしまったのではないかと」

すると、一緒にオニールの容態を見ていたシモンが、すかさず「それは」と慰める。

「故意にやったわけではないし、真実を知らされていたわけでもないのだから、君が責任を感じる必要はないよ。——そもそも、オスカーたちを捜しに行くと決めたのはオニール自身なんだろうし、その彼を守りたいという気持ちが、そうさせただけだろうから」

「それは、そうだけど……」

ユウリが、横たわるオニールの顔に手を添えて漆黒の瞳を翳《かげ》らせる。

シモンの言うことは、間違っていない。

このことで、ユウリを責める人間は、一人もいないだろう。

だが、だからといって、もし、このまま、オニールが目覚めなければ、ユウリは、やはり今日の過ちを一生後悔することになるはずだ。

そんなユウリの気持ちなどお構いなしに、アシュレイが「ああ、なるほどね」と納得した。

「だから、さっき、お前は『間違えた』と言っていたんだな。——本来なら、ここに導かれ、ターキーと戦い、かつ伝説に終止符を打つのは、お前のはずだった」

「——ほお？」

ワグヌカが、感心したように反応した。

「そう言うお前は、よそ者のくせに、ずいぶんと私たちのことに詳しいらしい」

「当然だろう」

臆面《おくめん》もなく認めたアシュレイが、「たとえば、このトーテムポールなんかは」と続ける。

「いくつか種類があり、その中でも、『付属柱』と呼ばれる家屋と一体化した『家柱《ハウス・ポスト》』や『家屋柱《ハウス・フロンタル・ポール》』などは、氏族のことを象徴的に描いた、いわゆる『表札』としての役割を負うもので、最も一般的とされるが、ここにあるのは、それらとは少し意味合いが違う『独立柱』に属するもので、おそらく『墓標柱《グレイブ・マーカー》』か、でなければ、いっそ遺体の入った墓そのものである『墓棺柱《モーチュアリー・ポスト》』なのだろう」

たしかに、よく知っている。

間違いなくアメリカに渡ってから調べ上げたのだろうが、それにしても詳し過ぎるくらいだ。

「そう」

認めたワグヌカが説明する。

「お前の言うとおり、これは『墓棺柱《モーチュアリー・ポスト》』で、しかも、眠っているのは、わが氏族の間で伝説となっている『大いなる力』を手にした魔術師の魂だ」

「その力で、星を掴んだ少年だな」

アシュレイが断言し、ユウリがなにか思うところがあるようにつぶやく。

「……星を掴んだ少年？」

そんな二人に対しブーメランを背中のベルトにさしていたワグヌカが、先にチラッとユウリに視線をやり、そのあとでアシュレイの顔を見て言った。

「そのとおりだが、そんなことまで、いったいどこで知ることができたんだ。——というより、その様子だと、お前は以前にも、このトーテムポールをどこかで見ているのではないか？」

「ああ。見たよ」

「どこで？」

「ボストン」

あっさり応じたアシュレイに、ワグヌカが意外そうに訊き返す。

「ボストン？」

「そうだ。——とはいえ、もちろん実物を見るのは今が初めてで、俺は、現在ボストンに住んでいるこの屋敷の最初の持ち主であるブルック家の末裔を訪ね、そこで、このトーテムポールを取り上げた当時の新聞記事とイラストを見せてもらった。それが、かなり詳細なイラストで、そこに彫り込まれた象徴図ははっきりと判別することができたから、それを頼りにいろいろと調べまくったってわけだ」

「なるほど」

納得はしたが、その調査能力は尋常ではないと思っている様子が、ワグヌカからはありありと伝わった。

二人のやり取りを興味深そうに聞いていたユウリが、隙を見つけて尋ねる。

「すみません、アシュレイ。ちょっと話を戻しますが、その『星を掴んだ少年』というのは、なんですか？」

「それは、言ってみれば、このトーテムポールの主題だ」

「主題？」

そこで、シモンと二人、顔を高く上向けてトーテムポールを見あげたユウリに、アシュレイが説明する。

「いいか、まず、天辺《てっぺん》に見えるのは、三人の『見張り男たち《ウォッチメン》』だ」

「三人の『見張り男たち《ウォッチメン》』――？」

そこで、ここに来るまでの間にアシュレイとかわした会話を思い出し、ユウリが「え、まさか」と驚く。

「これが、サムの正体ですか？」

「そう」

うなずいたアシュレイが、「ちなみに」と人差し指をあげて付け足した。

「あいつが使っていた舌を嚙《か》みそうな名前『テホネノイヘント』というのは、ネイティブ・アメリカンの言葉で『扉の番人』を意味するものだ」

「……『扉の番人』」

それは、まさに屋敷の管理人にふさわしい名前である。

繰り返したユウリのそばで、肩をすくめたワグヌカがなかば呆れたように呟いた。

「本当に、驚くほどよく知っているな」

そんな賛辞もどこ吹く風で、アシュレイは説明を続ける。

「で、『見張りの男たち《ウォッチメン》』の下に見えるのが、氏族を表すキツツキの顔、さらにその下に、まさにこのトーテムポールに封じられている少年を表す星を摑んだ右手が描かれ、人々がそれを支えつつ、いちばん下に七面鳥が押さえ込まれている。――これは、キツツキが彼ら氏族を保護する存在で、それに対抗しようとする七面鳥を制圧していることを表現したものだろう」

「ふうん」

「ま、これを見てもわかると思うが、お前が言ったように、この屋敷には、ここに葬られている魔術師の魂が持つ力が張り巡らされていて、それが、彫刻に彫られたものをサムやキツツキとして具現化し、さらにここに迷い込んだ人間に幻覚を見させるのだろう」

「なるほど」

それで言ったら、影のように立ち働いていた他の従業員たちも、ここに彫られた人たちである可能性だって大いにありうる。

納得するユウリであるが、いまだわからないのは、ワグヌカの要望だ。

彼は、ユウリに力を貸してほしいと言っていたが、もし、ターキーとの争いにけりをつけたかったのだとしたら、先ほどのターキーの様子を見る限り、必要なのはユウリよりアシュレイのような兵《つわもの》であり、それであるなら、おそらくワグヌカでも十分用は足せたはずである。

それなのに、なぜユウリに助けを求めるのか。

そこで、ふと、ユウリは、先ほどアシュレイがなにげなく投げ出した言葉を思い出す。


――本来なら、ここに導かれ、……伝説に終止符を打つのは、お前のはずだった。


(伝説に終止符を打つ――)

アシュレイは、たしかにそう言った。

そこで、ユウリはワグヌカに向かって訊く。

「それなら、ワグヌカさん、貴方は僕になにをしてほしいんですか?」

すると、ワグヌカが、鳥のように鋭い瞳でユウリを見つめて言う。

「……わからないか?」

「なにを?」

「星が戻ろうとしているだろう?」

「星——?」

最初はチンプンカンプンであったが、しばらく考えているうちに、ユウリは、夢で見たもののことを思い出す。その夢の中では、なにか、とてつもないエネルギーを秘めたものが、天空をよぎろうとしていた。

(星が、戻る)

その言葉を頭の中で吟味したユウリは、ややあって、「ああ、そうか」と合点する。

あの時、夢の中で感じた冷たさ。

輝きが、どこか硬質な冷気を帯びている気がしたのは、あの星が、みずから熱を発して輝いているわけではないからだということに、今、思い至った。

(あれは——)

ユウリは、確信する。

(彗星《すいせい》なんだ)

そして、その彗星が長い年月をかけて戻ってきた今、一つの伝説が幕を閉じようとしているらしい。

だが、なぜ——?

その部分がわからなかったユウリが、顔をあげてふたたびワグヌカに問う。

「星が戻るのはわかりましたが、それで、なにが変わるんですか？」

ユウリの問いかけに対し、ワグヌカがゆっくりと教える。

「さっき、この男が」

言いながら、アシュレイを示して続ける。

「話していた伝説には続きがあり、その『大いなる力』で星を摑んだ少年は、だが、その力を過信したことを神々に咎《とが》められ、そのまま右手を星に持ち去られてしまったんだ」

「右手を持ち去られた……」

呟いたユウリが、「あ！」と大声をあげる。

「もしかして、あの右手のない少年――」

ユウリが、この屋敷で目にした唯一の幽霊。

それが、右手のない少年の幽霊だ。

しかも、正直、あれを幽霊に分類してしまっていいのかわからないくらい、幽体とはかけ離れた存在感を示していた。それもそのはずで、あれは、ただの幽霊などではなく、過信したために身体の一部を星に囚《とら》われることとなった少年の魂が顕現した姿だった。

だが、それも終わりに近づいている。

解放の時が迫っているのだ。

「ということは……」

ユウリが、慎重に問いかける。

「もしかして、その右手を取り戻すのに力を貸せと？」

「そうだ。──お前になら、それができる」

なにやら確信めいて告げたワグヌカが、「あの時」と付け足した。

「上空を飛ぶ隼《はやぶさ》の魂に共に同調したお前になら、それが可能だと考えた」

「隼の魂──？」

一瞬、なんのことを言っているのかわからなかったユウリだが、ふと、アメリカに来る飛行機の中で見た夢のことを思い出した。

大空を滑空する鳥に意識を重ねた夢──。

なんともいえない爽快感《そうかいかん》を味わった夢だが、あれを同時に体験していた人間がいたとは驚きである。

そんな二人の会話を聞いていたシモンが、その瞬間、なにか思うところがあるように澄んだ水色の瞳でワグヌカとユウリを見比べたが、口に出してはなにも言わなかった。

ユウリが、確認する。

「それなら、ワグヌカさんも」

「そうだ。同じ隼に同調し、隼の魂を通じてお前の存在を知った。私は、ここに魂を封じられた魔術師の血を引く者で、それくらいの呪法《じゅほう》には通じているからな」

「……そうだったんですね」

ユウリは、なんとも不思議な心地がした。

ある意味、「井《い》の中の蛙《かわず》」を自覚するような意識転換だ。

たしかに、ユウリは人並み外れた霊能力を保持し、それを自在に操ることに慣れてしまっていたが、世の中には、同じように、それらの力を身近に感じ、呼吸するようにその力を行使している人がいる。

それも、探せば、おそらくたくさんいるに違いない。

「ただし」

ワグヌカが言う。

「私にできるのは、それくらいで、お前ほどの力はない」

そこで、今度こそ完全に納得したユウリは、躊躇《ためら》うことなくトーテムポールの脇《わき》に立つと、その表面に触れながらおもむろに四大精霊を呼び出した。

「火の精霊《サラマンドラ》、水の精霊《ウンディーネ》、風の精霊《シルフィード》、土の精霊《コボルト》。四元の大いなる力をもって、我を守り、願いを聞き入れたまえ」

すると、部屋の四隅から漂ってきた四つの白い光がユウリのまわりを回り始め、それに心を託すように、ユウリが請願を唱える。

「巡りくる天体によって、過ぎし日の過ちからこの気高き魂を解放せよ。今ひとたびの憐《あわ》れみにより、罪穢《けが》れより解き放て。そのためにも、彼方《かなた》より来りて、彼方へと去りゆく星のもとへ、我らともどもただちに飛翔《ひしょう》せよ！」

それから、請願の成就を神に祈る。

「アダ　ギボル　レオラム　アドナイ――」

とたん、四つの光がユウリの手を通じてトーテムポールへと流れ込み、そのまま龍《りゅう》が昇るように光の渦となってトーテムポールを伝い、大空へと駆け上がっていった。

同時に、ユウリの心も飛翔する。

大空を突き抜け、大気圏へ。

さらに、その先の時空へ。

赤く燃える火星。

縞《しま》を描く巨大な木星。

大きな輪を持つ土星。

それらが目まぐるしく過ぎていき、天王星、海王星を見送った先には、冷たく暗い空間が広がっている。

と――。

右手のほうから、なにか大きな物体が近づいてくるのがわかった。

視線をやれば、夢で見たのと同じ、冷たい輝きを発するものが悠々と空間を横切ってい

く姿がある。

（彗星――）

その姿をこれほど間近に見ることはなく、惚《ほ》れ惚《ぼ》れとしたユウリが、思わず手を伸ばそうとした時だ。


駄目だ。離れて――――！


頭の中に響いた声に押されるように、ユウリの意識が急降下する。

（うわっ！）

焼けつくような熱とともに、猛スピードでユウリの意識が身体に戻り、ハッと気づいたユウリは、振り返って叫んでいた。

「みんな、ここから離れて！」

言ったあとで、自分は横たわったままのオニールの上に身体を投げ出すようにして伏せた。

気づいたシモンが、そんなユウリを庇うように上から覆《おお》い被《かぶ》さる。

次の瞬間。

ドオンッ、と。

ものすごい破裂音と共に雷が落ち、聳えるトーテムポールを真っ二つに引き裂いた。あたりが白光に染まる。

それからすぐ、トーテムポールからめらめらと火の手があがり、またたく間に周辺部へと広がっていく。

「まずい、脱出するぞ！」

叫んだワグヌカが、倒れているターキーの身体を肩に担ぎあげ、身体を起こしたシモンがユウリを引き起こしている隙に、横たわるオニールの身体をアシュレイが同じく肩に担ぎあげた。

そのまま、元来た道を戻ろうとする彼らに、ワグヌカが鋭く声をかける。

「違う、こっちだ」

「でも、扉は向こう――」

ユウリが背後を指さすが、ワグヌカは「大丈夫」と応じる。

「こういった緊急時のために、屋敷にはいくつかの抜け道が用意されている」

たしかに、火の手のまわりが早ければ、迷路のような廊下をいちいち戻ってはいられない。

そして、さすがアシュレイが「真の所有者」と推察しただけはあって、ワグヌカの言ったとおり、壁の一部が開くようになっていて、そこから別の廊下に出た彼らは、ワグヌカの先導で、ほどなく外に出ることができた。

だが、あたりは燃えやすい森林であるため、外に出たからといって安心はできない。

そのまま正面玄関に向かって走り出した一行であったが、ふと足を止めたユウリが振り返り、火の手のあがる建物を見つめた。

そこに、炎の中に立つ少年の姿があった。

結局、彼は彼の祀《まつ》る神々に許されたのだろうか。

残念ながらユウリにわかるのは、彼の魂が囚われていた場所から解放されたということだけだった。

「バカ、ユウリ！　なにやっている！」

アシュレイの声に続き、後戻りしたシモンがユウリの腕を引いたため、ユウリは後ろ髪を引かれる思いでその場をあとにした。

終章

　結局、火の手は思ったほど広がらず、「ウッドポール・ハウス」の一部が焼けただけですぐに鎮火された。数日前に降った大雨の影響で、周辺の木々や建築資材が十分な水けを含んでいたことが幸いしたようだ。

　また、救急車で病院に搬送されたオニールも、軽い脳震盪《のうしんとう》ですみ、一日検査入院しただけで翌日には解放された。

「本当に、よかった」

　マンハッタンに戻り、ホテルの豪華な部屋でかいがいしく世話を焼きながらユウリが言うと、「まあ、そうなんだけど」とユマが不満そうに応じる。

「私としては、まだ撮影を残しての休日に、遊びに行った先でケガをして帰ってくるなんて、正直、言語道断と言いたいわ。プロとしての自覚が足りないんじゃない？」

　さすが、同じ役者として、見る目が厳しい。

　だが、オニールも負けていない。

「そんなこと言ったって、不測の事態だったんだからしかたないだろう」

ユウリが手渡したジュースを飲んでふたたびユウリに手渡したオニールが憮然《ぶぜん》と言い返すと、その一連の流れを見ていたオスカーが、「というか」と口をはさんだ。

「たかだか脳震盪くらいで、なんでそんなにフォーダムに甘えているんです。別にものが持てなくなったわけでもないし、いい加減、自分でやったらどうですか？」

それに対し、オニールがなにか言う前に、離れたソファーに座っていたシモンが同意した。

「それは言えているね。ユウリも、たいがいにしたらどうだい？」

「だけど、アーサーがケガをしたのは僕のせいでもあるから」

ユウリが申し訳なさそうに言うと、「だから」とシモンが溜《た》め息《いき》をついて主張する。

「何度も言うけど、君が責任を感じるようなことではないよ」

「ああ、それについては」

さすがにユウリの介添を断って自分でジュースを手に取って飲み始めたオニールが、言った。

「僕も同意見だよ。ユウリはずっと謝ってくれているけど、僕がケガをしたのは、君のせいではない。なんといっても、あの時、君をあの場に残して捜しに出たのは、僕の考えなんだから」

「そうだけど……」

ユウリは、そこで言葉を濁す。

というのも、ユウリがオニールにお守りとして渡した赤い羽根については、あまり詳しいことが話せないからだ。なにせ、話し始めると、赤い羽根が持つ意味や、その先に続く神話の終焉《しゅうえん》などについても話さなくてはならなくなる。

そういう意味では、オニールが無事だったことがわかった今だから言えるが、あの危機に際し、オニールの意識がなかったことはラッキーだったかもしれない。

でなければ、オニールにまで、ユウリの霊能力を見せつける結果となっただろう。

別に、今さらオニールに隠す必要はないかもしれないが、できることなら、シモンやアンリ、アシュレイはもとより、オスカーやエリザベスといった客観的な視点を持った信頼に足る人物の前以外では、否定できないほどはっきりと力を示すようなことはしたくなかった。

オニールが美しい赤毛をかきあげて続ける。

「それで言ったら、悪いのは、ターキーの野郎だろう。あいつが、なにを血迷ったか、突然俺に襲いかかってきたんだ」

「ああ、ですってね」

エリザベスが言い、「さっき」と付け足す。

「ベルジュが警察の人と話しているのを聞いちゃったんだけど、相手は、その時のことをまったく覚えていなくて、なんでも『悪霊に取り憑《と》かれたんじゃないか』って言い訳しているそうなのよ。記憶がなくなる前に、たしかに悪霊に追いかけられた覚えがあるとかなんとか言っているみたいで。——そうよね、ベルジュ?」

「まあね」

優雅に片手を翻して応じたシモンが、苦笑混じりに続ける。

「警察からの報告では、そういうことだった。——まあ、場所が場所なだけに、そんなこともあるのかもしれないし」

事実、ターキーが記憶を失っていたというのは、ありうる話だ。

ただ、アシュレイも言っていたように、それが悪霊に取り憑かれた結果なのか、「ターキー」という名前から考えられる因縁のようなものに密《ひそ》かに突き動かされただけなのかはわからないが、少なくとも、今現在のターキーの意思ではなかったはずだ。

そういう意味では、彼も被害者の一人だろう。

すると、シリトーが横から「わかります〜」と話に割って入った。

「たしかに、幽霊屋敷《やしき》と言われるだけはあり、あそこになにかがいたのは間違いないですから。僕も、変な虫の集団に追いかけられたし」

「——そうなの?」

エリザベスが、眉《まゆ》をひそめて訊《き》き返す。その言い方は、そんなものに追いかけられるくらいなら、幽霊に追いかけられたほうがマシだと言いたそうだ。

シモンが、水色の瞳《ひとみ》でシリトーを見る。

あの時、シリトーはなにかに追いかけられていたらしい。

実際、シモンもなにかが二階から落下して地面に消えるのを目撃したが、あれは、おそらく、あの場から転落して亡くなったという学生——あとで、ユウリがアシュレイから聞いた情報として教えてくれたところによれば、「ファーミントン」という名前で、驚いたことに、シモンもさんざん迷惑を被《こうむ》っているマーカス・フィッシャーやルイ＝フィリップ・アルミュールと同じ秘密結社に属していたそうだが、その彼が地縛霊となってあの場に留《とど》まっているものと考えられた。

つまり、シリトーこそは、今回のプチ旅行で、正真正銘悪霊に追いかけられるという経験をしたわけだが、なぜか、彼の中では悪霊が「虫の集団」に変換されているようで、心霊現象に興味を示しつつも、彼がガチガチの現実主義者であることがよくわかるエピソードだった。

そのことを、シモンはおもしろく捉《とら》えていた。

心霊現象に対する見方というのは、まさに十人十色で、好奇心と常識と恐怖心などが微妙に入り混じって、それぞれの立場を形成するのだろう。

それから考えると、あれほど優れた頭脳を持つアシュレイが、徹底的なオカルト主義者であるというのも、また少し不思議な気がした。

（――アシュレイか）

シモンは、その顔を思い出しただけで、げっそりする。

今回は、久々に彼にしてやられた。

友人たちの安否をダシに、まんまとユウリを連れ去られてしまったのだ。

運よく、すぐに挽回《ばんかい》できたからよかったものの、やはり油断できない人間であることを改めて思い知らされた。

すると、悩ましげに考え込んでいたシモンの横にユウリが来て、手にしたミネラルウォーターを渡しながら言った。

「今日からは、シモンも晴れて自由の身なんだよね？」

「ああ。ようやくってところだよ」

うなずきながらペットボトルを受け取ったシモンが、それを手の中でもてあそびながら続ける。

「もっとも、結局、ニューヨークはほとんど見られずじまいだったけど」

「そんなの、まだ半日残っているし、言ったように、リベンジしに来ればいい。僕でよければ、いつでも付き合うから」

「たしかに」

そこで、約束をたしかなものとするためにペットボトルで乾杯した二人に、ユマが声をかける。

「ねえねえ、ベルジュ。せっかくみんなが揃《そろ》ったんだし、最後にニューヨークの街に繰り出さない？」

「いいね」

立ちあがったシモンがユウリの手を取りながら、提案する。

「いっそ、セントラルパークで、ピクニックというのはどうかな？」

「あ、なんかそれ、意外でいいかも」

「ピクニック大好き！」

賛成する女性陣に続き、男性陣も「俺、ちょっと走ろうかな」とか、「僕、肉盛りだくさんのバーベキューがしたい」などと勝手なことを言いながら、和気あいあいと部屋を出ていった。

あとがき

一月中旬。

乾燥した日が続いているせいか、かつてないほどインフルエンザが猛威を振るっている最中、私も久しぶりに三十八度超えの高熱を出し、「これは、インフルエンザだろう、インフルエンザに違いない、ついに私も初めてのインフルエンザだ……」と思いつつ、でもまあ、もう夕方だし、翌日出かける予定があるわけでもないし、よく熱は身体がウィルスを攻撃している証拠だと聞くので、ひとまず風邪薬を飲まず、夜通し熱があがるに任せて寝ていたら、翌日の午前中、ある瞬間から急速に汗をかき始めて、あっという間に回復してしまいました。

（——あれ？）

なんか思っていたのと違わないかと疑いつつ、午後に起き出して、おじやとか作って食べながら三十分置きくらいに熱を計ると、面白いくらいに熱がさがっていくんです。なので、そのままふつうに仕事を始めたんですけど、いちおう、翌日の午前中に診察に行ったら、なんと、インフルエンザは陰性でした。う～ん。

その一週間だけで罹患者が二百万人を超えたとか言われていたピーク時にあれほどの高熱を出しておきながら、ただの風邪って……。なんか、釈然としない。ポツンと一人、置き去りにされた感じです。

とはいえ、そんな噂もちらほら耳にする通り、やはり、私のようにインフルエンザにかかりにくい体質の人間っているみたいですね。スポーツジムにも、何人か、予防注射をせずとも、いまだかつてかかったことがないという人がいました。

結果、なんだかんだ、ありがたや～。

この本が出るころには、もうインフルエンザも落ち着いていると思いますが、皆様はいかがお過ごしでしょうか。

ご挨拶がとんでもなく遅れましたが、こんにちは、篠原《しのはら》美季《みき》です。

昨年末、『欧州妖異譚』二十巻の節目に行われたトーク＆サイン会は、おかげさまでとてもアットホームな雰囲気になり、私も楽しい時間を過ごすことができました。足をお運びくださった皆様、この場を借りて御礼申し上げます。本当にありがとうございました。

また、当日いらっしゃれなかった方々も、いつか機会があればぜひ、お顔を見せにいらしてください。お待ちしてます。

さて、サイン会のお話をさせていただいたついでに、当日、ものすごいラブコールのあったユウリとシモンとアシュレイの誕生日、せっかくなので、ここで発表してしまおうと思います。

　本音を言うと、そのうち本編に絡ませてお知らせしようと考えていたのですが、長い年月書いていて、案外、物語の過程で日付を限定する機会ってなかったため、二十年近く謎のままにしてしまいました。――が、まさか、その間も、アバウトにお祝いをしてくださっていたとは露ほども知らず、大変失礼いたしました。キャラクターをこよなく愛してくださっているのが伝わり、本当に嬉しいです。

　なので、当日祝えるよう、もったいぶらずに発表してしまいますね。

　まず、ユウリは、三月十一日生まれの、うお座。

　シモンは、八月六日生まれの、しし座。

　そして、アシュレイは、二月二日生まれの、みずがめ座です。

　アシュレイに関しては、一月にするか二月にするか、最後まで悩んだんですけど、なんとなく一月は山羊座のイメージがあって、みずがめ座でも少し堅い気がしたんです。そう言う意味で、二月はまるまるみずがめ座という感じなので、結果、二月になりました。おそらく、いちおう月をまたいでいますが、大ざっぱに月別に星座をイメージすると、一月が山羊座、二月がみずがめ座、三月がうお座、四月が牡羊座……みたいになるからでしょう。

以上、彼らの誕生日でした。この本が出る頃だと、ギリギリ、ユウリのお誕生日を祝えるのかな？　ということで、『トーテムポールの囁き　欧州妖異譚21』です。

タイトルを見て、「おお？」と思われた方も多いと思いますが、今回、ユウリたちは「欧州」を飛び出し、アメリカ合衆国へとやってまいりました。

自由の国、アメリカ。

私としては、「銃の国、アメリカ」というイメージが強いのですが、それはたぶん、向こうのドラマなどを見ると、必ず、銃を発砲しているからなんでしょうね。

日本では考えられませんよね、隣の人が銃を携帯しているなんて。

すごく怖いことです。

とまあ、そんな思い込みがあったせいか、物語を作るのに、けっこう苦労しました。

「欧州妖異譚」の持つオカルト・ファンタジー的な要素とアメリカというお国柄がどうにもミスマッチである上、ネイティブ・アメリカンに関する資料が、現実問題に根差したものが多く、歴史的な悲壮さと現実を生き抜く力強さのようなものに彩られていて、「きゃ～」って感じです。神話的要素ですらどこかシュールなものであったため、なにをどう取り上げていいのかわからず、最終的に選んだのが、「トーテムポール」だったわけです。

これだけは、なんかちょっとファンタジックな要素がある気がして、すがる思いで資料を読んだら、結構面白かったです。案外知らないことが多くて、勉強になりましたし、S

S用に考えたにもかかわらず、話がきちんと出来過ぎたために、お蔵入りにしてしまったプロットもあるくらいです。

結果、なんだかんだ、奥が深いネイティブ・アメリカンの世界でした。

今回参照した資料を一部、ここで取り上げてお礼の代わりとさせていただきます。興味のある方はご一読ください。

・『トーテムポールの世界　北アメリカ北西沿岸先住民の彫刻柱と社会』　細井忠俊著　彩流社

・『アメリカ先住民の神話伝説』（上・下）　リチャード・アードス＆アルフォンソ・オルティス編　松浦俊輔、中西須美、前川佳代子、他訳　青土社

最後になりましたが、今回も素敵なイラストを描いてくださったかわい千草《ちぐさ》先生、並びにこの本を手に取って読んでくださったすべての方に感謝します。

では、次回作でお目にかかれることを祈って――。

関東平野にも雪がちらついた如月《きさらぎ》に

篠原美季　拝

『トーテムポールの囁き　欧州妖異譚21』、いかがでしたか？
篠原《しのはら》美季《みき》先生、イラストのかわい千草《ちぐさ》先生への、みなさまのお便りをお待ちしております。
篠原美季先生のファンレターのあて先
〒112-8001　東京都文京区音羽2-12-21　講談社　文芸第三出版部「篠原美季先生」係
かわい千草先生のファンレターのあて先
〒112-8001　東京都文京区音羽2-12-21　講談社　文芸第三出版部「かわい千草先生」係

N.D.C.913　266p　15cm

篠原美季（しのはら・みき）
講談社X文庫
4月9日生まれ、B型。横浜市在住。
茶道とパワーストーンに心を癒やされつつ
相変わらずジム通いもかかさない。
日々是好日実践中。

white heart

トーテムポールの囁《ささや》き　欧州妖異譚《おうしゅうようい たん》21

篠原美季《しのはら み き》

●
2019年3月4日　第1刷発行

定価はカバーに表示してあります。
発行者──渡瀬昌彦
発行所──株式会社　講談社
東京都文京区音羽2-12-21　〒112-8001
電話　編集　03-5395-3507
販売　03-5395-5817
業務　03-5395-3615
本文印刷─豊国印刷株式会社
製本───株式会社国宝社
カバー印刷─信毎書籍印刷株式会社
本文データ制作─講談社デジタル製作
デザイン─山口　馨

ISBN978-4-06-514982-9